U1051287

歷代全集叢刊／張印棟主編

蘇子由遺著彙刊（第十二册）

（北宋）蘇轍 撰

河南人民出版社

欽定四庫全書

古史卷三十二　　宋　蘇轍　撰

孔子弟子列傳第九

孔子以布衣養士著籍三千人而高第七十七人孔子曰德行顔淵閔子騫冉伯牛仲弓言語宰我子貢政事冉有季路文學子游子夏其賢者凡十人而已

顔回字子淵魯人也父曰顔路少孔子三十歲（王肅曰據此則顔回死時孔子年五十九歲然伯魚五十先孔子卒卒時孔子且七十矣此謂顔回先伯魚死而論語云顔回

死顔路請子之車以為之槨子曰鯉也死有棺而無槨吾不徒行以為之槨故或以此為誤　孔子曰賢哉回也一簞食一瓢飲在陋巷人不堪其憂回也不改其樂與之言終日不違如愚退而省其私亦足以發回也不愚故曰回也非助我者也於吾言無所不悅蓋孔子嘗察之矣其心三月不違仁其餘則日月至焉而已矣故告之曰用之則行舍之則藏惟我與爾有是夫孔子之稱回常以為不可得而回之嘆夫子亦以為不可及也故曰仰之彌高鑽之彌堅瞻之在前忽然在後

夫子循循然善誘人博我以文約我以禮欲罷不能既竭吾才如有所立卓爾雖欲從之末由也已故孔子曰語之而不惰者其回也歟又曰惜乎吾見其進也未見其止也顔淵問仁孔子曰克己復禮為仁一日克己復禮天下歸仁焉為仁由己而由人乎哉顔淵問為邦子曰行夏之時乘殷之輅服周之冕樂則韶舞放鄭聲遠佞人嘗使言志回曰願無伐善無施勞孔子稱之曰自吾有回門人益親顔子年二十九而髪白蚤死孔子哭

之曰天喪予從者曰子慟矣子曰有慟乎非夫人之為慟而誰為門人欲厚葬顏子孔子曰回也視予猶父也予不得視猶子也非我也夫二三子也其後季康子問弟子孰為好學孔子對曰有顏回者好學不遷怒不貳過不幸短命死矣今也則亡未聞好學者也孔子贊易至豫六二介于石不終日貞吉曰君子見幾而作不竢終日顏氏之子其殆庶幾乎有不善未嘗不知知之未嘗復行此所謂不貳過也

蘇子曰孔子於諸弟子獨稱顏子之好學弟子之賢者衆矣而孔子不以好學許之豈妄言哉吾嘗論之弟子之知孔子者獨顏子耳孔子之道如天然在人賢者識其大者不賢者識其小者顏子識其大者也故仰之而知其有高者存焉鑽之而知其有堅者存焉故曰語之而不惰者其回也歟此孔子所以獨稱其好學也人誠有見於此譬如為山雖覆一簣未有能止之者也苟誠無見矣雖既九仞不復能進也此顏子與衆弟子之辨

也

閔損字子騫魯人也少孔子十五歲孔子曰孝哉閔子騫人不間於其父母昆弟之言魯人為長府閔子曰仍舊貫如之何何必改作子曰夫人不言言必有中季氏欲使為費宰閔子曰善為我辭焉如有復我者則吾必在汶上矣

冉耕字伯牛魯人也有惡疾孔子往問之自牖執其手曰亡之命矣夫斯人也而有斯疾也

冉雍字仲弓伯牛之族也孔子曰雍也可使南面仲弓問子桑伯子子曰可也簡仲弓曰居敬而行簡以臨其民不亦可乎居簡而行簡無乃太簡乎子曰雍之言然或曰雍也仁而不佞子曰焉用佞禦人以口給屢憎於人不知其仁焉用佞仲弓問仁子曰出門如見大賓使民如承大祭己所不欲勿施於人在邦無怨在家無怨曰雍雖不敏請事斯語矣仲弓為季氏宰問政子曰先有司赦小過舉賢才曰焉知賢才而舉之曰舉爾所知

爾所不知人其舍諸仲弓父不賢人或疑之子曰犂牛之子騂且角雖欲勿用山川其舍諸

蘇子曰古者七介以相見三辭三讓而後至無所不致其文所謂敬也不敬則確確則易易則民慢故古之君子其躬無所不敬其於人也則不然平易近民而後民安之太公之所以治齊則居敬而行簡者也伯禽之所以治魯則居敬而行敬者也雖周公亦憂魯之不競則仲弓之言周孔之所許也

宰予字子我魯人也嘗問於孔子曰仁者雖告之曰井有仁焉其從之也子曰何為其然也君子可逝也不可陷也可欺也不可罔也宰予晝寢子曰朽木不可雕也糞土之墻不可圬也於予與何誅始吾於人也聽其言而信其行今吾於人也聽其言而觀其行於予與改是宰我問三年之喪期已久矣君子三年不為禮禮必壞三年不為樂樂必崩舊穀既沒新穀既升鑽燧改火期可已矣子曰食夫稻衣夫錦於女安乎曰安女安則為

之夫君子之居喪食旨不甘聞樂不樂居處不安故不
為也今女安則為之宰我出曰予之不仁也子生三年
然後免於父母之懷故三年之喪天下之通喪也予也
有三年之愛於其父母乎
蘇子曰太史公言宰我為臨菑大夫與田恒作亂夷其
族孔子恥之余以為宰我之賢列於四科其師友淵源
所從來遠矣雖為不善不至於從畔逆弒君父也宰我
不幸平居有晝寢短喪之過儒者因遂信之蓋田恒之

亂本與闞止爭政闞止亦子我也田恒既殺闞止而宰我蒙其惡名豈不哀哉且使宰我信與田恒之亂恒既殺闞止弑簡公則尚誰族宰我者事蓋必不然矣夫使宰我陷於逆亂猶不足惜也而使孔子門人之高第至於如此豈不為孔氏惜哉李斯言田恒陰取齊國殺宰予於庭因弑簡公又劉向别録田成子與宰我爭宰我夜伏卒將以攻田成子令於卒中曰不見旌節毋起鴟夷子皮聞之告田成子成子因為旌節以起宰我之卒以攻之遂殘宰我信如此說則宰我乃田恒之仇為齊攻田恒者非與恒作亂矣要之由闞止亦曰子我故戰國諸子誤以為宰予皆不足信也

端木賜字子貢衛人也少孔子三十一歲賜嘗從孔子求為己目子曰汝器也曰何器也曰瑚璉也孔子亦問汝與回也孰愈曰賜也何敢望回回也聞一以知十賜也聞一以知二子曰弗如也吾與汝弗如也子貢問曰貧而無諂富而無驕何如子曰可也未若貧而樂富而好禮者也子貢曰詩云如切如磋如琢如磨其斯之謂歟子曰賜也始可與言詩已矣告諸往而知來者衛莊公出公爭國弟子欲仕於衛冉有曰夫子為衛君乎子

貢曰諾吾將問之入曰伯夷叔齊何人也曰古之賢人也怨乎曰求仁而得仁又何怨出曰夫子不為也衛公孫朝問於子貢曰仲尼焉學子貢曰文武之道未墜於地在人賢者識其大者不賢識其小者莫不有文武之道焉夫子焉不學而亦何常師之有子禽問夫子至於是邦也必聞其政求之歟抑與之歟子貢曰夫子溫良恭儉讓以得之夫子之求之也其諸異乎人之求之歟蓋子貢通達而辯聞其言者皆知其賢故叔孫武叔語

大夫於朝曰子貢賢於仲尼子貢聞之曰譬之宫墻賜之墻也及肩闚見室家之好夫子之墻數仞不得其門而入不見宗廟之美百官之富得其門者或寡矣夫子之云不亦宜乎陳子禽亦謂子貢曰子為恭也仲尼豈賢於子乎子貢曰君子一言以為知一言以為不知言不可不慎也夫子之不可及也猶天之不可階而升也夫子之得邦家者所謂立之斯立道之斯行綏之斯來動之斯和其生也榮其死也哀如之何其可及也世世之

貴子貢者如此惟孔子知其未足而屢黜之曰回也其庶乎屢空賜不受命而貨殖焉億則屢中及孔子自衛反魯子貢從之故其言見於魯之君臣為多邾隱公來朝子貢觀焉邾子執玉高其容仰定公受玉卑其容俯子貢曰以禮觀之二君者皆將死亡正月相朝而皆不度心已亡矣高仰驕也卑俯替也驕近亂替近疾君為主其先亡乎是歲定公卒七年而邾子失國吳太宰嚭名季康子康子使子貢辭焉嚭曰國君道長而大夫不

出門此何禮也對曰豈以為禮畏大國也寡君既共命
矣其老豈敢棄其國太伯端委以治周禮仲雍嗣之斷
髮文身臝以為飾豈禮也哉有由然也鄖之會吳以衛
人殺其行人且姚故藩衛侯之舍子服景伯謂子貢曰
夫諸侯之會事既畢矣侯伯致禮地主致餼以相辭也
今吳不行禮於衛而藩其君子盍見大宰乃請束錦以
行語及衛故太宰嚭曰寡君願事衛君衛君之來也緩
寡君懼故將止之子貢曰衛君之來也必謀於其衆其

衆或欲或否是以緩來其欲來者子之黨也不欲者子之讎也若執衛君是墮黨而崇讎也且合諸侯而執衛君誰敢不懼太宰嚭説乃舍衛侯子服景伯如齊子貢為介見成宰公孫成曰人皆臣人而有背人之心况齊人雖為子役其有不貳乎子周公之孫也多饗大利猶思不義利不可得而喪宗國將焉用之成曰善哉吾不早聞命及孔子卒哀公誄之曰旻天不弔不慭遺一老俾屏余一人以在位惸惸余在疚烏乎哀哉尼父無自

律子貢曰君其不没於魯乎夫子之言曰禮失則昏名失則愆失志為昏失所為愆生不能用死而誄之非禮也稱予一人非名也君再失之哀公卒死於越衛出公自城鉏使以弓問子貢且曰吾其入乎子貢稽首受弓對曰臣不識也私於使者曰昔成公孫於陳甯武子孫莊子為宛濮之盟而君入獻公孫於齊子鮮子展為夷儀之盟而君入今君再在孫矣内不聞獻之親外不聞成之卿則賜不識所由入也詩曰無競維人四方其順

之若得其人四方以為主而國於何有出公亦終死於越越子使后庸聘於魯且言邾田封於駘上將盟于平陽季康子病之曰子貢在此吾不及此夫孟武伯曰然何不召曰固將召之叔孫文子曰它日請念然亦不能用子貢終老於齊子貢好廢舉與時轉貲家累千金喜揚人之美不能匿人之過此其病也

蘇子曰太史公稱子貢一出存魯亂齊破吳强晉伯越予觀春秋左氏傳齊之伐魯本於悼公之怒季姬而非

陳恒吴之伐齊本怒悼公之反覆而非子貢吴齊之戰
陳乞猶在而恒未任事凡太史公所記皆非也葢戰國
說客設為子貢之辭以自託於孔氏而太史公信之耳
孔子有言誦詩三百授之以政不達使於四方不能專
對雖多亦奚以為孔子之門所謂言語者初止於此至
於子貢加之以巧辯可以解紛結救患難如今所載而
已若如公孫衍張儀騁其詭辯傾覆諸侯以快意一時
此則孔氏所諱也

冉求字子有仲弓之族也少孔子二十九歲子路問聞斯行諸子曰有父兄在如之何其聞斯行之冉有問聞斯行諸子曰聞斯行之公西華疑而問焉孔子曰求也退故進之由也兼人故退之求曰非不說子之道力不足也子曰力不力者中道而廢今女畫孔子在陳冉求歸魯為季氏家臣齊師伐魯及清季康子謂求曰若之何求曰一子守二子從公禦諸竟康子自度不能求曰然則居封疆之間康子告二子二子亦不可求曰君無

出一子帥師背城而戰魯之羣室衆於齊之兵車一室
敵車優矣二子之不欲戰也宜政在季氏當子之身齊
人伐魯而不能戰大不列於諸侯矣康子使從於朝叔
孫武叔呼而問戰焉對曰君子有遠慮小人何知孟懿
子强問之對曰小人慮材而言量力而共者也武叔曰
是謂我不成丈夫也退而蒐乘孟孺子帥右冉求帥左
季氏之甲七千求以武城人三百為巳徒卒次於雩門
之外五日右師乃從逆齊師于郊求用矛以帥衆遂入

齊師獲甲首八十齊人宵遁求既有功於魯季氏乃使人以幣名孔子而復之然求之於季氏亦終不能大有所正也故孔子曰季氏富於周公而求也為之聚斂而附益之非吾徒也小子鳴鼓而攻之可也季子然問仲由冉求可謂大臣歟子曰所謂大臣者以道事君不可則止今由與求也可謂具臣矣曰然則從之者歟曰弒父與君亦不從也季氏將有事於顓臾冉有季路以告孔子曰求無乃爾是過歟夫顓臾先王以為東蒙主且

在邦域之中矣是社稷之臣也何以伐為冉有曰夫子欲之吾二臣者皆不欲也孔子曰求周任有言曰陳力就列不能者止危而不持顛而不扶則將焉用彼相矣虎兕出於柙龜玉毁於櫝中是誰之過歟冉有曰今夫顓臾固而近於費今不取後世必為子孫憂孔子曰求君子疾夫舍曰欲之而必為之辭丘也聞有國有家者不患寡而患不均不患貧而患不安蓋均無貧和無寡安無傾夫如是故遠人不服則修文德以來之既來之

則安之今由與求也相夫子遠人不服而不能來也邦
分崩離析而不能守也而謀動干戈於邦内吾恐季孫
之憂不在顓臾而在蕭墻之内也
仲由字子路卞人也少孔子九歲性鄙而好勇志伉直
冠雄雞佩猳豚以陵暴孔子孔子設禮誘之後乃儒服
委質因門人請為弟子然其為人厚於孝友篤於信義
嘗嘆曰傷哉貧也生無以養死無以葬孔子誨之曰啜
菽飲水盡其歡斯之謂孝斂手足形還葬稱其財斯之

謂禮子路有姊之喪可以除矣而弗除曰吾寡兄弟而弗忍也孔子曰先王制禮行道之人皆弗忍也然後除之小邾射以句繹奔魯謂魯人曰使季路要我吾無盟矣子路不許季孫使冉有謂之曰千乘之國不信其盟而信子之言子何辱焉對曰魯有事于小邾不敢問故死其城下可也彼不臣而濟其言是義之也由不能故孔子曰片言可以折獄者其由也歟言人之信之也子路有聞未之能行惟恐有聞其於人也無宿諾孔子稱

之曰衣敝緼袍與衣狐貉者立而不恥者其由也歟嘗使言志曰願車馬衣輕裘與朋友共敝之而無憾孔子之為魯司寇也由為季氏宰將墮三都叔孫氏墮郈季氏墮費孟氏之宰公歛陽獨不肯墮成圍之弗克既而孔子去魯子路從之周旋陳蔡之間與孔子皆歸魯復與冉有為季氏家臣季氏之伐顓臾亦莫能止也然魯人甚賢之孟武伯問子路仁乎子曰不知也又問子曰由也千乘之國可使治其賦也不知其仁也求也何如

子曰求也千室之邑百乘之家可使為之宰也不知其仁也赤也何如子曰赤也束帶立於朝可使與賓客言也不知其仁也季氏祭其廟逮闇而祭莫而不成禮它日祭子路與使室事交乎戶堂事交乎階質明而始行事日幾中而禮成故孔子稱其知禮子路之未學也鄉黨之勇夫也及其既學則賢於人者遠矣然而闇於大道卒以此死於難孔氏之門人顏子最賢其得於師也深與之言不違如愚雖門人亦莫能盡知也子貢之辯

子路之勇皆卓然有立於衆衆所謂賢於顔子者也然
子貢之明自以為不如至子路則嘗不服矣子謂顔子
曰用之則行舍之則藏惟我與爾有是夫子路曰子行
三軍則誰與子曰暴虎馮河死而無悔者吾不與也必
也臨事而懼好謀而成者也然子路亦未必信也子疾
病子路請禱子曰丘之禱久矣又欲使門人為臣病間
曰久矣哉由之行詐也無臣而為有臣予將欺天乎子
在陳絶糧從者病莫能興子路慍見曰君子亦有窮乎

子曰君子固窮小人窮斯濫矣子路鼓瑟為北鄙之聲子曰由之瑟奚為於丘之門其仕季氏也使子羔為費宰子曰賊夫人之子子路曰有民人焉有社稷焉何必讀書然後為學子曰是故惡夫佞者故誨之以六言六蔽曰好仁不好學其蔽也愚好知不好學其蔽也蕩好信不好學其蔽也賊好直不好學其蔽也絞好勇不好學其蔽也亂好剛不好學其蔽也狂蓋孔子之所以戒之者至矣山梁雌雉子路拱之孔子嘆之曰時哉時哉

三嗅而作以為好鬬而死自取之也而豈其時哉然子
路終不悟也孔子之在衛也出公輙方與父莊公爭國
子路謂孔子曰衛君待子而為政子將奚先子曰必也
正名乎子路曰有是哉子之迂也奚其正子曰野哉由
也君子於其所不知蓋闕如也名不正則言不順言不
順則事不成事不成則禮樂不興禮樂不興則刑罰不
中刑罰不中則民無所措手足故君子名之必可言也
言之必可行也君子於其言無所苟而已矣蓋孔子所

謂正名者未有子而不父其父云爾而子路不喻以蹈其難出公之十三年子路為孔悝家臣莊公因孔姬以入于孔氏迫孔悝强盟之遂劫以登臺欒寧將飲酒炙未孰聞亂使告子路名獲駕乘車行爵食炙奉出公以奔魯子路將入遇子羔將出曰門已閉矣子路曰吾姑至焉子羔曰弗及不踐其難子路曰食焉不避其難子羔遂出子路入及門公孫敢門焉曰無入為也子路曰是公孫也求利焉而逃其難由不然利其祿必救其患

有使者出乃入曰太子焉用孔悝雖殺之必或繼之且曰太子無勇若燔臺半必舍孔叔太子聞之下石乞孟黶敵子路以戈擊之斷纓子路曰君子死冠不免結纓而死孔子聞衛亂曰柴也其來由也死矣哭之中庭進使者而問故曰醢之矣遂命覆醢

蘇子曰冉有季路皆以政事稱於孔氏冉有才有餘而志不足其於季氏委曲從之不能有所立也至於季路志厲而識闇事衛出公雖父子爭國而不知其危也方

其攻莊公於臺上使幸而莊公舍孔悝季路與悝皆出
猶可言也莊公方質孔悝以取衛其不釋悝明矣孔悝
不出遂攻而勝之則為臣弒君季路雖生將安所容身
乎烏乎學於孔子而其慮害曾不若名穫悲夫
言偃字子游吴人也少孔子四十五歲其學於禮為詳
為武城宰孔子問曰汝得人矣乎對曰有澹臺滅明者
行不由徑非公事未嘗至於偃之室也它日孔子過之
聞弦歌之聲夫子笑曰割雞焉用牛刀子游曰昔者偃

也聞諸夫子曰君子學道則愛人小人學道則易使也
子曰二三子偃之言是也前言戲之耳衛司寇惠子之
喪其子虎不得立子游為之麻衰牡麻經將軍文子辭
曰子辱與彌牟之弟游又辱為之服敢辭子游曰禮也
文子退反哭子游趨而就諸臣之位文子又辭曰子辱
與彌牟之弟游又辱為之服又辱臨其喪敢辭子游曰
固以請文子退扶適子南面而立曰子辱與彌牟之弟
游又辱為之服又辱臨其喪虎也敢不復位子游趨而

就客位

卜商字子夏衛人也少孔子四十四歲習詩能通其義或曰令毛詩叙子夏之遺説也子夏問巧笑倩兮美目盼兮素以為絢兮何謂也子曰繪事後素曰禮後乎曰起予者商也始可與言詩已矣或曰子夏受易春秋於孔子公羊高穀梁赤皆從之學春秋者也子夏曰博學而篤志切問而近思仁在其中矣又曰百工居肆以成其事君子學以致其道又曰大德不踰閑小德出入可

也子游曰子夏之門人小子當洒埽應對進退則可矣抑末也本之則無如之何子夏聞之曰噫言游過矣君子之道孰先傳焉孰後倦焉譬諸草木區以別矣君子之道焉可誣也有始有卒者其惟聖人乎子夏為莒父宰問政子曰無欲速無見小利欲速則不達見小利則大事不成子謂子夏曰汝為君子儒毋為小人儒子貢問師與商也孰賢子曰師也過商也不及然則師愈歟曰過猶不及孔子行遇雨無蓋弟子欲假蓋於子夏氏

孔子曰商之爲人也甚短於財與人交即其所長辟其所短乃止孔子没子夏教授於西河魏文侯師之文侯以此名聞諸侯子夏喪子而失明曾子吊之子夏曰予何罪曾子譏之

蘇子曰善乎子夏之教人也始於洒埽應對進退而不急於道使其來者自盡於學日引月長而道自至故曰百工居肆以成其事君子學以致其道譬如農夫之殖草木既爲之區溉種而時耨之風雨既至小大甘苦莫

不㡳得其性而農夫無所用巧也孔子曰君子上達小人下達達之有上下出乎其人而非教者之力也異哉今世之教者聞道不明而急於夸世非性命道德不出於口雖禮樂政刑有所不言矣而況於洒掃應對進退也哉教者未必知而學未必信務為大言以相欺天下之偽自是而起此子貢所謂誣也

顓孫師字子張陳人也少孔子四十八歲子張學干祿子曰多聞闕疑慎言其餘則寡尤多見闕殆慎行其餘

則寡悔言寡尤行寡悔祿在其中矣子張問行子曰言
忠信行篤敬雖蠻貊之邦行矣言不忠信行不篤敬雖
州里行乎哉立則見其參於前也在輿則見其倚於衡
也夫然後行子張書諸紳子張問士何如斯可謂之達
矣子曰何哉爾所謂達者子張對曰在邦必聞在家必
聞子曰是聞也非達也夫達者質直而好義察言而觀
色慮以下人在邦必達在家必達夫聞者色取仁而行
違居之不疑在邦必聞在家必聞子夏之門人問交於

子張子張曰子夏云何對曰子夏曰可者與之其不可
者拒之子張曰異乎吾所聞君子尊賢而容衆嘉善而
矜不能我之大賢歟於人何所不容我之不賢歟人將
拒我如之何其拒人也子張之為人外矜莊而寡誠信
故子游曰吾友張也為難能也然而未仁曽子曰堂堂
乎張也難與並為仁矣

曽參字子輿南武城人也少孔子四十六歳事親孝故
孔子為之作孝經其養曽晳必有酒肉將徹必問所與

問有餘必曰有曾晳嗜羊棗參終身不食羊棗鉏瓜而
傷其根父撻之幾死而不怨然孔子非其不避也齊人
聘之將以為卿參曰食人之祿則憂人之事吾不忍遠
親而為人役辭之嘗稱曰吾聞諸夫子人未有自致者
也必也親喪乎故其執親之喪水漿不入口者七日曾
子為行甚篤立志甚厲其言曰士不可以不弘毅任重
而道遠仁以為己任不亦重乎死而後已不亦遠乎又
曰可以託六尺之孤可以寄百里之命臨大節而不可

奪者君子人歟君子人也謂子襄曰子好勇乎吾嘗聞大勇於夫子矣自反而不縮雖褐寬博吾不惴焉自反而縮雖千萬人吾往矣嘗與客立於門側其徒趨而出曾子曰爾將何之曰吾父死將出哭於巷曰反哭於爾次曾子北面而弔之季孫之母死哀公弔焉曾子與子貢亦弔閽弗內也二子入其廐而修容子貢先入閽曰鄉者已告矣曾子後閽辟之涉內霤卿大夫皆辟位公降一等而揖之曾子有疾孟敬子問之曾子曰鳥之將

死其鳴也哀人之將死其言也善君子所貴於道者三
動容貌斯遠暴慢矣正顏色斯近信矣出辭氣斯遠鄙
倍矣籩豆之事則有司存其既病也童子執燭而侍曰
華而睆大夫之簀歟樂正子春曰止曾子聞之瞿然曰
呼曰華而睆大夫之簀歟曾子曰然斯季孫之賜也我
未之能易也元起易簀曾元曰夫子之病革矣不可以
變幸而至於旦請敬易之曾子曰爾之愛我也不如彼
君子之愛人也以德細人之愛人也以姑息吾何求哉

吾得正而斃焉斯已矣舉扶而易之反席未安而沒曾子之妻以藜烝不熟而出人或非之曾子曰藜烝小物也而不用命況大事乎蓋以微罪出不欲斥言之也既而終身不娶謂元曰高宗之殺孝已尹吉甫之放伯奇皆後妻故也吾不及古人知得免於非乎孔子之孫子思學於曾子而孟子學於子思二子之立志行義大放曾子數稱其言云

蘇子曰道有不可以名言者古之聖人命之曰一寄之

曰中舜之禪禹曰人心惟危道心惟微惟精惟一允執厥中聖人之欲以道相詔者至於一與中盡矣昔者孔子與諸弟子言無所不至然而未嘗及此也蓋嘗與子貢言之矣曰賜也汝以予為多學而識之者歟曰然非歟曰非也予一以貫之雖與子貢言之而孔子之言之也難而子貢之受之也未信至於曾子不然孔子曰參乎吾道一以貫之曾子曰唯曾子出門人問曾子曰夫子之道忠恕而已矣蓋孔子之告之也不疑而曾子之

受之也不惑則與子貢異矣然曾子以一爲忠恕則知門人之不足告也夫及孔子既没曾子傳之子思子思因其說而廣之曰喜怒哀樂之未發謂之中發而皆中節謂之和中者天下之大本也和者天下之達道也致中和天地位焉萬物育焉子思之說既出而天下始知一與中之在是矣然子思以授孟子孟子又推之以爲性善之論性善之論出而一與中始枝矣烏乎孔子之所以不告諸弟子者蓋爲是歟

澹臺滅明字子羽武城人也少孔子三十九歲子游為武城宰稱之於孔子然子羽狀皃甚惡孔子以為材薄既受業南游至江從弟子三百人設取予去就名施乎諸侯孔子聞之曰吾以言取人失之宰予以貌取人失之子羽⟨家語子羽有君子之容而行不勝其貌宰我有文雅之詞而智不充其辯孔子曰里語云相馬以輿相士以居弗可廢矣其言與史記異考之論語以史記為信⟩

宓不齊字子賤魯人也少孔子四十九歲子賤為單父宰孔子之兄子蔑與子賤皆仕孔子過蔑而問焉曰自

汝之仕何得何亡對曰未有所得而所亡者三王事若襲學焉得習是學不得明也俸祿少饘粥不及親戚是骨肉益疏也公事多急不得吊死問疾是朋友道闕也孔子不悅往過子賤問如蔑也對曰無所亡而有得者三始誦之今得行之是學益明也俸祿所供被及親戚是骨肉益親也雖有公事而兼以吊死問疾是朋友益篤也孔子嘆曰君子哉若人魯無君子者斯焉取斯

原憲字子思魯人也憲問耻子曰邦有道穀邦無道穀

耻也克伐怨欲不行焉可以為仁矣子曰可以為難矣仁則吾不知也孔子卒憲隱於衛居草澤中子貢結駟連騎排藜藿入窮閻過謝憲憲攝敝衣冠迎子貢子貢耻之曰夫子豈病乎憲曰吾聞之無財者謂之貧學道而不能行者謂之病若憲貧也非病也子貢慙不懌而去終身耻其言之過也

公治長字子長齊人也孔子謂長可妻雖在縲紲之中非其罪也以其子妻之

南宫适字子容鲁孟僖子之仲子也三復白圭孔子以其兄之子妻之曰邦有道不廢邦無道免於刑戮适嘗問曰羿善射奡盪舟俱不得其死然禹稷躬稼而有天下夫子不答适出子曰君子哉若人上德哉若人

公晳哀字季次齊人也天下多仕於大夫為家臣季次鄙之未嘗屈節於人孔子嘆之

曾點字晳與子參皆事孔子嘗與季路冉有公西華侍坐於孔子孔子曰以吾一日長乎爾無吾以也居則曰

不吾知也如或知爾則何以哉子路率爾對曰千乘之
國攝乎大國之間加之以師旅因之以饑饉由也為之
比及三年可使有勇且知方也夫子哂之求爾何如對
曰方六七十如五六十求也為之比及三年可使足民
如其禮樂以俟君子赤爾何如對曰非曰能之願學焉
宗廟之事如會同端章甫願為小相焉點爾何如鼓瑟
希鏗爾舍瑟而作曰異乎三子者之撰子曰何傷乎亦
各言其志也曰暮春者春服既成冠者五六人童子六

七人浴乎沂風乎舞雩詠而歸夫子喟然歎曰吾與點也三子者出曾晳後曾晳曰夫三子者之言何如子曰亦各言其志也已矣曰夫子何哂由也曰為國以禮其言不讓是故哂之唯求則非邦也與安見方六七十如五六十而非邦也者唯赤則非邦也與宗廟會同非諸侯而何赤也為之小孰能為之大晳之為人狂而直季武子死晳倚其門而歌故孟子曰琴張曾晳牧皮孔子之所謂狂者也

蘇子曰四子之言皆其志也夫子之哂由也以其不讓而其與點也以其自知之明與如曾皙之狂其必有不可施於世者矣苟不自知而强從事焉禍必隨之其欲從弟子風乎舞雩樂以忘老則其處已也審矣不然孔子豈以不仕為貴者哉

顔無繇字路少孔子六歲與其子回各異時事孔子回死貧無以葬路請子之車以為之槨子曰才不才亦各言其子也鯉也死有棺而無槨吾不徒行以為之槨以

吾從大夫之後不可以徒行也

商瞿字子木魯人也少孔子二十九歲孔子傳易於瞿瞿傳楚人馯臂子弓弓傳江東人矯子庸疵疵傳燕人周子家豎豎傳淳于人光子乘羽羽傳齊人田子莊何何傳東武人王子中同同傳菑川人楊何何漢元朔中以治易為中大夫

高柴字子羔衛人也少孔子三十歲子羔執親之喪泣血三年未嘗見齒君子以為難子路為季氏宰以子羔

為費宰及子路仕衛子羔亦為衛士師出公之難子羔出子路止死子羔之為士師也有刖者為衛守門及其出也追者至門者匿之其室子羔曰此子報怨之日也而反逃我何也曰斷足吾自取之獄將決而君愀然不樂君非私我也君子固然此臣之所以悅君也子羔復仕魯為成宰成人有其兄死而不為衰者聞子羔至遂為衰成人曰蠶則績而蟹有匡范則冠而蟬有緌兄則死而子羔為之衰子羔葬其妻犯人之禾申祥以告請

庚之子羔曰孟氏不以是罪子朋友不以是棄子以吾為邑長於斯也買道而葬後難繼也子羔寢疾慶遺入請曰子之病革矣如至乎大病則如之何子羔曰吾聞之生有益於人死不害於人吾縱生無益於人可以死害於人乎哉我死葬我不毛之地可也

漆雕開字子開魯人也少孔子十一歲孔子使之仕對曰吾斯之未能信子說

公伯僚字子周魯人也周愬子路於季孫子服景伯以

告孔子曰夫子固有惑志於公伯僚吾力猶能肆諸市朝子曰道之將行也歟命也道之將廢也歟命也公伯僚其如命何

司馬耕字子牛本宋桓氏其兄魋得罪於宋出奔衛牛致其邑與珪而適齊魋自衛入齊陳成子使為次卿牛又致其邑而適吴吴人惡之而反趙簡子陳成子皆名之卒於魯郭門之外葬諸丘輿牛多言而躁問仁於孔子子曰仁者其言也訒曰其言也訒斯謂之仁已乎曰

為之難言之得無訒乎問君子子曰君子不憂不懼曰不憂不懼斯謂之君子已乎曰内省不疚夫何憂何懼牛嘆曰人皆有兄弟我獨無子夏曰商聞之矣死生有命富貴在天君子敬而無失與人恭而有禮四海之内皆兄弟也君子何患乎無兄弟也

樊須字子遲齊人也少孔子三十六歲問仁子曰愛人問知子曰知人未達曰舉直措諸枉能使枉者直樊遲退見子夏而問之子夏曰富哉言乎舜有天下選於衆

舉皐陶不仁者遠矣湯有天下選於衆舉伊尹不仁者
遠矣樊遲請學稼子曰吾不如老農請學為圃曰吾不
如老圃樊遲出子曰小人哉樊須也上好禮則民莫敢
不敬上好義則民莫敢不服上好信則民莫敢不用情
夫如是四方之民襁負其子而至矣焉用稼
蘇子曰樊遲之學為農圃蓋將與民並耕而食歟此孟
子所謂許行之學也孟子曰有大人之事有小人之事
堯以不得舜為己憂舜以不得臯陶為己憂以百畝之

不易為已憂者農夫也此孔子所謂樊遲小人也

有若魯人也少孔子四十三歲其言曰信近於義言可復也恭近於禮遠耻辱也因不失其親亦可宗也哀公問曰年饑用不足如之何有若對曰盍徹乎公曰二吾猶不足如之何其徹也對曰百姓足君孰與不足百姓不足君孰與足孔子既没曾子道孔子之言曰喪欲速貧死欲速朽有子曰是非君子之言也曾子曰參也與子游聞之夫子有子曰然則夫子有為言之也曾子以

告子游子游曰甚哉有子之言似夫子也昔者夫子居於宋見桓司馬為石槨三年不成夫子曰若是其靡也死不如速朽之愈也死之欲速朽為桓司馬言之也南宫敬叔反必載寶而朝夫子曰若是其貨也喪不如速貧之愈也喪之欲速貧為敬叔言之也曾子以告有子有子曰然吾固曰非夫子之言也曾子曰子何以知之有子曰夫子制於中都四寸之棺五寸之槨以此知不欲速朽也夫子失魯司寇將之荆先之以子夏申之以

冉有以此知不欲速貧也它日子夏子張子游以有子似聖人欲以所事孔子事之强曾子曾子曰不可江漢以濯之秋陽以暴之皜皜乎不可尚已然有子既祥而絲屨組纓君子譏之

蘇子曰苟至於君子未有無耻者也孟子稱禹崩益辟禹之子於箕山之陰朝覲獄訟者皆不之益而之啓然後益不敢踐天子位太史公稱孔子既沒弟子以有若貌類孔子師之如孔子時及問而不能答乃斥去之夫

以益有若之賢而其無耻至此極歟且月宿於畢而雨
不應商瞿四十而生五子此卜祝之事而鄙儒所以謂
孔子聖人者戰國雜說類此者多矣孟子猶不能擇而
況太史公乎
公西赤字子華魯人也少孔子四十二歳子華習於禮
容應對孔子屢稱之嘗使於齊冉有為其母請粟子曰
與之釜請益曰與之庾冉子與之粟五秉子曰赤之適
齊也乘肥馬衣輕裘吾聞之君子周急不繼富

巫馬施字子旗魯人也少孔子三十歲陳司敗問昭公知禮乎孔子曰知禮孔子退揖施而進之曰吾聞君子不黨君子亦黨乎君娶於吴為同姓謂之吴孟子君而知禮孰不知禮施以告孔子曰丘也幸苟有過人必知之

梁鱣字叔魚齊人也少孔子二十九歲年三十未有子欲出其妻商瞿謂曰子未也吾年三十八無子吾母為吾更取室夫子使吾之齊母請留夫子曰無憂也瞿過

四十當有五丈夫子今果然吾恐子自晚生耳未必妻之過也居二年而有子

顏幸字子柳魯人也少孔子四十六歲

冉孺字子魯魯人也少孔子五十歲

曹䘏字子循少孔子五十歲

伯虔字子折少孔子五十歲

公孫龍字子石楚人也少孔子五十三歲

公良孺字子正陳人也賢而有勇以其私車五乘從孔

子將適衛蒲人止之孺嗗然曰昔吾從夫子遇難於匡今又困於此命也挺劒合衆將與之戰蒲人懼乃盟而去

秦商字丕兹魯人也父堇父與孔子父叔梁紇俱以力聞少孔子四歲

顏刻字子驕魯人也孔子將適陳過匡刻為僕以其策指曰昔吾入此由彼缺也匡人以為陽虎遂止孔子

琴牢字子開一字張衛人孟子所謂狂者也牢曰子云

吾不試故藝衛宗魯由齊豹事公孟縶齊豹將殺公孟
宗魯知而弗告及難作死之琴張將往弔之孔子曰齊
豹之盜而孟縶之賊女何弔焉君子不食姦不受亂不
為利疚於回不以回待人不蓋不義不犯非禮
陳亢字子禽陳人也少孔子四十歲亢問於伯魚曰子
亦有異聞乎對曰未也嘗獨立鯉趨而過庭曰學詩乎
曰未也不學詩無以言鯉退而學詩他日又獨立鯉趨
而過庭曰學禮乎曰未也不學禮無以立鯉退而學禮

亢喜曰問一得三聞詩聞禮又聞君子之遠其子也

叔仲會字子期魯人也少孔子五十歲與孔琁年相比

二人迭侍孔子執筆記事孟武伯見孔子而問曰此二

孺子之幼也於學豈識於壯哉孔子曰然少成若天性

習慣若自然也

孔弗字子蔑孔子兄之子與宓子賤皆仕者也孔子弟子七十

七人史記公孫龍以上三十三人有年聞見於書傳家

語增以叔仲會以上四人又孔弗一人事見宓不齊傳

凡四十人其餘無年及不見

書傳者凡三十七人見于左

冉季字子産魯人

公祖句兹字子之

秦祖字子南秦人

漆雕哆字歛魯人

漆雕徒父

壤駟赤字子徒秦人

商澤字子季

石作蜀字子明

任不齊字選楚人

后處字子里齊人

秦冉字開

公夏首字乘魯人

奚容蒧字晳

公肩定字子中魯人或曰晋人

顔祖字襄

鄡單字子家

句井疆衛人

罕父黑字子索

申黨字周

顏之僕字叔魯人

榮祈字子祺

縣成字子祺魯人

左人郢字行魯人

燕伋字思

鄭邦字子徒家語作薛邦

秦非字子之魯人

施之常字子恒

顏噲字子聲

步叔乘字子車齊人

原亢字籍

樂欬字子聲

廉絜字庸齊人

顔何字冉魯人

狄黒字晳

邽巽字子斂魯人邽或作邦索隱曰文翁圖作國蓋避漢祖諱也

公西輿字子上

公西蒧字子尚魯人

蘇子曰孔子弟子高第七十七人余以太史公書及孔子家語考之皆同秦冉顔何不載於家語而琴牢陳亢不錄於史記二書既不可偏廢而琴張陳亢又見於論

語技并錄之九七十九八

古史卷三十二

欽定四庫全書

古史卷三十三

老子列傳第十

宋　蘇轍　撰

老子者楚苦縣厲鄉曲仁里人也姓李氏名耳字伯陽謚曰聃周守藏室之史也孔子適周問禮於老子老子曰子所言者其人與骨皆已朽矣獨其言在耳且君子得其時則駕不得其時則蓬累而行吾聞之良賈深藏若虚君子盛德容貌若愚去子之驕氣與多慾態色與

淫志是皆無益於子之身吾所以告子者若是而已孔子去謂弟子曰鳥吾知其能飛魚吾知其能游獸吾知其能走走者可以為罔游者可以為綸飛者可以為矰至於龍吾不能知其乘風雲而上天吾今日見老子其猶龍耶老子修道德其學以自隱無名為務居周久之見周之衰乃去至闗闗令尹喜曰子將隱矣強為我著書於是老子乃著書上下篇言道德之意五千餘言而去莫知所終或曰老萊子亦楚人也著書十五篇言道

家之用與孔子同時蓋老子百六十有餘歲或言二百餘歲以其修道而養壽也自孔子死後百一十九年而史記周太史儋見秦獻公曰始周與秦國合而别别五百歲而復合合十七歲而伯王者出焉或曰儋即老子或曰非也世莫知其然否老子之子名宗宗為魏將封於段干宗子注注子宫宫玄孫假仕漢孝文帝而假之子解為膠西王卬太傅因家于齊

蘇子曰孔子以仁義教人而以禮樂治天下仁義禮樂

之變無窮而其稱曰吾道一以貫之苟無以貫之則因變而行義必有支離而不合者矣易曰形而上者謂之道形而下者謂之器語曰君子上達小人下達而孔子自謂下學而上達者洒埽應對詩書禮樂皆所從學也而君子由是以達其道小人由是以得其器達其道故萬變而致一得其器故有守而不蕩此孔子之所以兩得之也蓋孔子之為人也周故示人以器而晦其道使達者有見而未達者不眩也老子之自為也深故示人

以道而略其器使達者易入而不恤其未達也要之其實皆志於道而所從施之有先後耳三代之後釋氏與孔老並行於世其所以異者體道愈遠而立於世之表指天下之所不見以示人而不憂其不悟曰要將有悟者其說又老氏之眇也老子八十一章子嘗為之解其說如此

列子者鄭人也名禦寇與鄭繻公同時其學以黄帝老子為宗自言師壺丘子林而友伯昏無人列子窮居有

饑色客有言之鄭子陽者曰列禦寇盖有道之士也居君之國而窮君無乃為不好士乎鄭子陽即令官遺之粟列子出見使再拜而辭使者去列子入其妻望之拊心曰妾聞為有道者之妻子皆得佚樂今有饑色君過而遺先生食先生不受豈非命哉列子笑曰君非自知我也以人之言而遺我粟至其罪我也又且以人之言此吾所以不受也其卒民果作難而殺子陽列子書舊二十篇西漢劉向去重複存者八篇列子盖先莊子及

莊子著書多取其言二子之道一也

蘇子曰劉向論列子書穆王湯問迂誕恢詭非君子之言今觀穆王與化人游若清都紫微鈞天廣樂帝之所居而夏革所言四海之外天地之表無極無盡此固後世僊佛之常言理之當然而漢之儒者未聞焉耳孟子稱楊氏為我其害至於無君楊朱之說不見於世而列子時取之盖其所以為為我者必有聞於大道而失於偏故列子莊子時取其合者載焉若楊朱之篇以愛身

故至於遺禮義毀名節無所復顧此則孟子所謂無君者矣雖列子亦無取焉耳列子之徒不知其師之詳以為朱之言不可棄而并録之過矣

莊子蒙人也名周嘗為蒙漆園吏與梁惠王齊宣王同時其學無所不闚然其要歸於老子著書十萬餘言大抵率寓言也畏累虛亢桑子之徒皆空語無事實楚威王聞其賢使使厚幣迎之許以為相莊周笑謂楚使者曰千金重利卿相尊位也子獨不見郊祭之犧牛乎養

食之數歲衣之以文繡以入大廟當是時雖欲為孤豚
豈可得乎子亟去無汚我我寧游戲汙瀆之中自快無
為有國者所羈終身不仕以快吾志焉
蘇子曰吾聞之子 闕 兄子瞻曰太史公言莊子作漁
父盜跖胠篋以詆訾孔子之徒以明老子之術此知莊
子之粗者予以為莊子蓋助孔子者要不可以為法耳
楚公子微服出亡而門者難之其僕操箠而罵曰隸也
不力門者出之事固有倒行而逆施者以僕為不愛公

子則不可以為事公子之法亦不可故莊子之言皆文
予而實不予陽擠而陰助之其正言也盖無幾至於詆
訾孔子未嘗不微見其意其論天下道術自墨翟禽滑
釐彭蒙愼到田駢關尹老聃之徒以至於其身皆以為
一家而孔子不與其尊之也至矣予嘗疑漁父盜跖則
真若詆孔子者至於讓王說劒皆淺陋不入於道反復
觀之得其寓言之終曰陽子居西游於秦遇老子老子
曰而睢睢盱盱而誰與居大白若辱盛德若不足陽子

居蹙然變容其往也舍者將迎其家公執席妻執巾櫛
舍者避席煬者避竈其反也舍者與之爭席矣去其讓
王說劒漁父盜跖四篇以合於列禦寇之篇曰列禦寇
之齊中道而反曰吾驚焉吾食於十漿而五漿先饋然
後悟而笑曰是固一章也莊子之言未終而昧者勦之
以入其說耳凡分章名篇皆出於世俗非莊子本意也
申不害荆人也故鄭之賤臣學術以干韓昭侯昭侯用
為相內修政教外應諸侯十五年終申子之身國治兵

強無侵韓者申子之學主刑名而緣飾以黄老著書二
篇號曰申子
韓非者韓之諸公子也喜刑名法術之學而借老子以
為説非為人口吃不能道説而善著書與李斯俱事孫
卿斯自以為不如非非見韓之削弱數以書諫韓王韓
王不能用於是韓非疾治國不務修明其法制執契以
御其臣下富國強兵而以求人任賢反舉浮淫之蠹而
加之功利之上以為儒者用文亂法而俠者以武犯禁

寛則寵名譽之人急則用介冑之士所養非所用所用
非所養悲廉直不容於邪枉之臣觀往者得失之變作
孤憤五蠹内外儲說林說難十餘萬言然韓非知說之
難為說難書甚具終死於秦不能自脫說難曰凡說之
難非吾知之有以說之難也又非吾辯之難能明吾意
之難也又非吾橫失能盡之難也凡說之難在知所說
之心可以吾說當之所說出於為名高者也而說之以
厚利則見下節而遇卑賤必棄遠矣所說出於厚利者

也而說之以名高則見無心而遠事情必不收矣所說實為厚利而顯為名高者也而說之以名高則陽收其身而實疏之若說之以厚利則陰用其言而顯棄其身此之不可不知也夫事以密成而語以泄敗未必其身泄之也而語及其所匿之事如是者身危貴人有過端而說者明言善議以推其惡者則身危周澤未渥也而語極知說行而有功則德亡說不行而有敗則見疑如是者身危夫貴人得計而欲自以為功說者與知焉則

身危彼顯有所出事迺自以為也故說者知焉則身危強之以其所必不為止之以其所不能已者身危故曰與之論大人則以為間已與之論細人則以為鬻權論其所變則以為借資論其所憎則以為嘗已徑省其辭則不知而屈之汎濫博文則多而久之順事陳意則曰怯懦而不盡慮事廣肆則曰草野而倨侮此說之難不可不知也凡說之務在知飾所說之所敬而滅其所醜彼自知其計則無以其失窮之自勇其斷則無以其敵

怒之自多其力則無以其難概之規異事與同計譽異人與同行者則以飾之無傷也有與同失者則明飾其無失也大忠無所拂辭悟言無所擊排迺後申其辯知焉此所以親近不疑知畫之難也得曠日彌久而周澤既渥深計而不疑交爭而不罪迺明計利害以致其功直指是非以飾其身以此相持此說之成也伊尹為庖百里奚為虜皆所由干其上也故此二子者皆聖人也猶不能無役身而涉世如此其汙也則非能仕之所設

也宋有富人天雨墻壞其子曰不築且有盜其鄰人之父亦云暮而果大亡其財其家甚知其子而疑鄰人之父昔者鄭武公欲伐胡迺以其子妻之因問羣臣曰吾欲用兵誰可伐者關其思曰胡可伐迺戮關其思曰胡兄弟之國也子言伐之何也胡君聞之以鄭為親己而不備鄭鄭人襲胡取之此二說者其知皆當矣然而甚者為戮薄者見疑非知之難也處知則難矣昔者彌子瑕見愛於衛君衛國之法竊駕君車者罪至刖既而彌

子之母病人聞往夜告之彌子矯駕君車而出君聞之
而賢之曰孝哉為母之故而犯刖罪與君遊果園彌子
食桃而甘不盡而奉君君曰愛我哉忘其口而念我及
彌子色衰而愛弛得罪於君君曰是嘗矯駕吾車又嘗
食我以其餘桃故彌子之行未變於初也前見賢而後
獲罪愛憎之變至也故有愛於主則知當而加親見憎
於主則罪當而加踈故諫說之士不可不察愛憎之主
而後說之矣夫龍之為蟲也可擾狎而騎也然其喉下

有逆鱗徑尺人有嬰之則必殺人人主亦有逆鱗説之者能無嬰人主之逆鱗則幾矣人或傳其書至秦秦王見孤憤五蠹之書曰嗟乎寡人得見此人與之游死不恨矣李斯曰此韓非所著書也秦因急攻韓韓王始不用非及急乃遣非使秦非上書秦王勸秦釋韓攻趙秦王下其書李斯斯言其不便因自請使韓割地以事秦是時燕趙楚越為一將以攻秦秦王使姚賈以車百乘金千斤游於四國以絶其謀賈還報秦王封賈千戸以

為上御非見秦王言四國之交未必合也而珍珠重寶盡於內且賈梁監門子甞盜於梁逐於趙令與之同知社稷之計非所以厲羣臣也故李斯姚賈害之毁之曰非韓之諸公子令王欲并諸侯非終為韓不為秦此人之情也令王不用久留而歸之此自遺患也不如以過法誅之秦王以為然下吏治非李斯使人遺非藥使自殺非欲自陳不見秦王後悔使人赦之非已死

蘇子曰商鞅以法治秦而申不害以術治韓憲令著於

官府刑罰必於民心賞存乎慎法罰加乎姦令所謂法也因任而授官循名而責實操生殺之柄課羣臣之能所謂術也法者臣之所師而術者君之所執也及韓非之學並取申商而兼用法術法之所止雖有聖智不用也術之所操雖有父子不信也使人君據法術之自然而無所復為此申韓所謂老子之道而實非也彼申商各行其說耳然秦韓之治行於一時而其害見於久遠使非不幸獲用於世其害將有不可勝言者矣太史公

悲韓非知說之難而卒以說死故載其說難於篇然古之君子循理而言言之利害不存乎心故言出而必合雖有不合要已無愧於中矣豈復立法而求其必售耶今非先立法而後說人既已不知說矣而況非之所以說秦盖求禍之道乎太史公以李陵之事不合於漢武終身廢辱是以深悲之歟

古史卷三十三

欽定四庫全書

古史卷三十四

宋　蘇轍　撰

孟子孫卿列傳第十一

孟子鄒人也名軻魯公族孟孫之後也學於孔子之孫子思明孔之遺業游事齊宣王宣王始以為卿不用其言孟子致為臣而歸又欲中國而授之室養弟子以萬鍾孟子不顧也去齊適梁梁惠王方東敗於齊南辱於楚西喪地於秦折節下士將以求報問利國於孟子孟

子曰王何必曰利亦有仁義而已矣惠王亦不能用孟子往來齊梁之間見梁襄王齊湣王間適魯適宋適鄒適滕㡯幾或用魯平將見孟子而嬖人臧倉沮止之滕文公為世子將之楚過宋見孟子孟子説之及即位使然友見孟子於鄒孟子誨之三年之喪文公行之既而之滕教之井田學校四方之士聞滕行仁政有相帥而從之者後齊湣王聞燕噲之亂將伐燕沈同以問孟子曰燕可伐歟孟子曰可子噲不得與人燕子之不得受燕於

子噲齊人伐燕克之諸侯多謀救燕或謂孟子勸齊伐燕何也孟子曰我言燕之可伐而不言齊之可以伐燕也乃勸湣王反其旄倪止其重器爲燕立君而去史記齊世家言孟子勸齊湣王伐燕是不考之孟子也而孟子稱齊宣王伐燕亦失之矣是時秦巳用商君富國強兵楚魏用吳起戰勝克敵齊威宣王用孫子田忌諸侯東面朝齊秦儀軫衍之徒合從連横以欺詐苟得相高游談之士得志於時而楊朱墨翟諸子雜學方熾孟子推明孔氏崇三代之故所如不合知世將大

亂恐周孔之道絶而不續退而與其弟子公孫丑萬章之徒記其平生荅問稱道之言作孟子七篇後世傳之蘇子曰孟子生於戰國知仁義可以化服暴彊以此游說諸侯諄諄言之冀其或信而諸侯皆習於鄙詐莫以爲然者梁襄王問孟子天下烏乎定孟子對曰定于一曰孰能一之曰不嗜殺人者能一之當是時諸侯皆將以多殺人一天下誠有不嗜殺人之君招而撫之天下必將歸之孟子之言非苟爲大而已也然不深原其意

而詳究其實未有不以為迂者矣予觀戰國之後更始皇項籍殺人愈多而天下愈亂及漢高帝雖以兵取天下而心不在殺人然後乃定子孫享國二百餘年王莽之亂盗賊蜂起光武復以不嗜殺人收之及桓靈之禍曹公孫劉皆有蓋世之略而以喜怒殺人故天下卒於三分司馬父子力能一之而殺心益熾故既一復散裂為五胡離為南北隋文帝又能合之矣而好殺不已至子而敗及唐太

宗始復不嗜殺人天下乃定其後五代之君出於
盜賊乞養屠戮生靈如恐不及數十年之間天下
五禪皆不能有天下之半及宋受命藝祖皇帝雖
以神武誅鉏僭偽而不嗜殺人之心神民信之未及
十年而削平之功比於漢唐天下既定輕刑厲禁凡
所誅戮一附於法匹夫匹婦無寃死之獄其仁過於
前代是以百有餘年兵革不試户口充溢有死於癘
疾而無死於兵亂盖自孟子以來能一天下者四君

皆以不嗜殺人致之由此觀之孟子之言豈偶然而已哉

三騶子皆齊人齊威宣相繼喜士養士稷門之下自淳于髠以下七十餘人高者為列大夫為開第康莊之衢高門大屋尊寵之覽天下諸侯賓客言齊能致天下賢士三騶子前曰騶忌先孟子以鼓琴干威王因及國政遂受相印封成侯稷下先生淳于髠之徒始輕騶忌相與設微言挑之忌答之如響髠等乃服其次騶衍後孟

子騶衍深觀陰陽消息而作怪迂之變始終大聖之篇
十餘萬言其語閎大不經必先驗小物推而大之至於
無垠先序今以上至黄帝學者所共知並世盛衰因載
其禨祥度制推而遠之至天地未生不可考而原也先
列中國名山大川通谷禽獸水土所殖物類所珍因而
推之及海外人之所不能睹稱引天地剖判以來五德
轉移治各有宜而符應若兹以為儒者所謂中國者於
天下乃八十一分之一分耳名曰赤縣神州赤縣神州

内自有九州禹所叙九州是也不得為州數中國外如赤縣神州者九乃所謂九州也各有裨海環之人民禽獸莫能相通者如一區中乃為一州如此者九乃有大瀛海環其外天地之際焉其術皆此類也然要其歸必止乎仁義節儉君臣上下六親之施王公大人初見其術懼而化之其後亦莫能行衍始以此重於齊適梁惠王郊迎執賓主之禮適趙平原君側行襒席如燕昭王擁篲先驅請列弟子之坐而受業築碣石宫身往師之

其見尊禮如此稷下先生自淳于髡慎到環淵接子田駢騶奭之徒各著書言治亂以干世主云淳于髡齊人也博聞強記學無所主其諫說慕晏嬰之為人也然以承意觀色為務客有見髡於梁惠王惠王屏左右獨坐而再見之終無言也惠王怪之以讓客曰子之稱淳于先生管仲不及及見寡人寡人未有得也豈寡人不足為言耶客以謂髡髡曰固也吾前見王王志在馳逐後見王王志在聲音吾是以默然客具以報王王大駭曰

淳于生聖人也前先生之來人有獻善馬者寡人未及
視會先生至後先生之來人有獻謳者未及試亦會先
生來寡人雖屏人然私在彼後淳于髡見一語連三日
三夜無倦惠王欲以卿相待之髠謝去送以安車駕駟
束錦加璧黄金百鎰終身不仕慎到趙人田駢接子齊
人環淵楚人皆學黄老道德之術發明其指意慎到著
十二論環淵著上下篇最後騶奭頗采騶衍之術以為
書蓋騶衍迂大而閎辯奭也文具難施淳于髠久與處

時有善言故齊人頌曰談天衍雕龍奭炙轂過髠然其書今皆不傳莊子曰田駢慎到不師知慮不知前後魏然而已矣推而後行曳而後往若飄風之還若羽之旋若磨石之墜全而無非動靜無過未嘗有罪若無知之物而已田駢學於彭蒙彭蒙曰古之道人至於莫之是莫之非其道則釋氏所謂鈍根聲聞者耶

孫卿趙人年五十始來游學於齊田駢之屬皆已死齊襄王時孫卿最為老師齊尚修列大夫之缺而孫卿三

為祭酒焉齊人或讒孫卿孫卿乃適楚春申君以為蘭陵令春申君死孫卿廢因家蘭陵李斯嘗為弟子已而相秦孫卿疾濁世君臣不知三代之正而以變詐相怵滛侈相說士爭為小說詭辯以欺惑世俗著書數萬言其辭憤切反復卒因葬蘭陵自孔子沒諸子不聞大道之要各以意言之老子清淨無為雖與世疏濶然其本則天地之至理也至於列子莊子推而廣之涉迂怪矣然猶不失正也如慎到田駢則蕩矣若楊朱墨翟始亦

皆有見焉而楊朱破法以便身墨翟增法以為物其說皆不可用此其卓然可得而論者也至於公孫龍堅白同異之辯雖巧無益於道及楚之尸子阿之吁子今皆不傳於世

蘇子曰易曰一陰一陽之謂道繼之者善也成之者性也一陰一陽陰陽之未形也猶喜怒哀樂之未發也陰陽之未形也謂之道喜怒哀樂之未發也謂之中中則道也其在人為性及其發而中節仁義禮知之用見於

物則所謂善亦所謂和也故孔子曰性相近也習相遠也聖人之言性止於是而已矣孟子學於子思得其説而漸失之則指善以為性至於孫卿自任而好異因孟子而反之則曰人性惡夫善惡皆習也指習以為性而不知其非二子之失一也然而性之有習習之有善惡譬如火之能熟與其能焚也孟子之所謂善則火之能熟者也是火之得其性者也孫卿之所謂惡則火之能焚者也是火之失其性者也孫卿之失則遠矣

古史卷三十四

欽定四庫全書

古史卷三十五　　　宋　蘇轍　撰

伍員列傳第十二

伍員楚人也字子胥父曰奢兄曰尚其先伍舉楚之名大夫也楚平王之在蔡也郹陽封人之女奔之生子建即位以為太子使奢為之師費無極為之少師無極無寵於太子譖陷之言諸王為王為娶於秦至而勸王自取之因說王大城城父以寘太子王聽之從而譖之曰建與

奢將以方城之外叛王信之執奢而使奮陽殺建建亡
奔宋無極言於王曰奢之子材若在吳必為楚患王使
召尚與員曰來吾免而父尚謂員曰爾適吳我將歸死
吾知不逮我能死爾能報聞免父之命不可以莫之奔
也親戚為戮不可以莫之報也爾勉之矣尚至奢聞員
不來曰楚君大夫其旰食乎楚并殺之員亡走吳過昭
關昭關欲執之員獨身步走幾不得脫追者在後至江
江上有漁父乘舟知員之急渡之員既渡解其劒曰此

劒直百金以與父父曰楚國有命得伍員者賜粟伍萬
石爵執珪豈徒百金劒耶不受員未至吳疾止中道乞
食至吳因公子光以見王僚時王僚五年也八年吳伐
州來敗頓胡沈蔡之師于雞父太子建之母在郥召吳
人而啟之吳入郥取楚夫人及其寶器以歸明年侵楚
滅巢及鍾離員因言伐楚之利於王僚公子光將為亂
沮止之員亦知光有内志未可說以外事乃進勇士專
設諸於光退而耕於野以竢十一年楚平王卒秦女之

子軫立是為楚昭王王僚因楚喪使母弟掩餘燭庸侵
楚楚師強吳師不能退光因吳國内空乃令專設諸襲
刺王僚而自立是為王闔廬闔廬以負為吳行人楚伯
州犂之孫嚭奔吳吳亦以為太宰以謀楚負言於闔廬
請為三師以肆楚楚出則歸楚歸則出欲使楚道弊而
後以三師乘之闔廬以為然楚於是始病自昭王即位
無歲不有吳師其令尹囊瓦貪而不仁國人惡之蔡侯
唐侯朝於楚瓦以賄故三年止之二君歸因子胥伯嚭

請師於吴九年三國伐楚敗囊瓦於柏舉五戰及郢楚
昭王奔隨吴遂入郢員乃掘楚平王墓出其尸鞭之三
百始員在楚與申包胥友員之亡也謂包胥曰我必覆
楚包胥曰我必存之及員鞭平王尸包胥亡存山中使
人謂員曰子之報讐其已甚乎吾聞人衆者勝天天定
亦能勝人今子故平王之臣親北面事之今至於僇死
人此豈天道乎員曰為我謝申包胥吾日莫塗遠吾故
倒行而逆施之於是申包胥走秦求救秦不許包胥立

於秦庭哭七日七夜不絶聲秦哀公憐之為出車五百
乘救楚與楚子西子期連敗吳師闔廬之弟夫槩王亡
歸自立闔廬釋楚還擊夫槩王楚昭王乃復入郢十九
年吳伐越越王勾踐擊傷闔廬闔廬死子夫差立二年
而報越敗之夫椒越王以其餘兵五千人棲於會稽使
大夫種厚幣遺太宰嚭以請和求委國為臣妾夫差將
許之員諫曰不可臣聞樹德莫如滋去惡莫如盡昔有
過澆殺斟灌以伐斟尋滅夏后相后緡方娠逃出自竇

歸于有仍生少康澆使椒求之逃奔有虞虞思妻以二姚而邑諸綸有田一成有衆一旅遂收夏衆以滅過戈復禹之績今吳不如過而越大於少康或將豐之不亦難乎句踐能親而務施施不失人親不棄勞與我同壤而世為仇讐於是乎克而弗取又將存之違天而長寇讐後雖悔之弗可食已弗聽退而告人曰越十年生聚而十年教訓二十年之後吳其為沼乎十一年夫差將為魯伐齊句踐率其衆而朝王及列士皆有賂吳人皆

嚭貪獨懼曰是豢吳也夫諫曰越在我腹心之疾也壤地同而有欲於我夫其柔服求濟其欲也不如早從事焉得志於齊猶獲石田也無所用之越不為沼吳其泯矣使醫除疾而曰必遺類焉者未之有也弗聽嚭屬其子於齊鮑氏太宰嚭因讒之曰員恨其計不用將為亂王使賜之屬鏤以死將死曰樹吾墓以檟檟可材也吳其亡乎三年其始弱矣盈必毁天之道也吳王聞之怒乃取員尸盛以鴟夷革浮之江中吳人憐之為立祠江

上命曰胥山吳王既誅員遂伐齊大敗齊人於艾陵十四年會諸侯于黃池越入吳二十三年而越卒滅吳

蘇子曰伍員以父兄之怨破楚入郢鞭平王之墓世皆憐其志多其才然士不幸至此不足以言功名矣而員至鞭舊君以逞逆天而傷義卒以盡忠而喪其軀豈非天哉

古史卷三十五

古史卷三十六

宋　蘇轍　撰

孫武吴起列傳第十三

孫武齊人也以兵法見吴王闔廬闔廬曰子之十三篇吾盡觀之矣可以小試勒兵乎對曰可闔廬曰可試以婦人乎曰可於是許之出宫中美人得百八十人孫子分為二隊以王之寵姬二人各為隊長皆令持戟令之曰汝知而心與左右手背乎婦人曰知之孫子曰前視

心左視左手右視右手後即視背婦人曰諾約束既布乃設鐵鉞即三令五申之於是鼓之右婦人大笑孫子曰約束不明申令不熟將之罪也復三令五申而鼓之左婦人復大笑孫子曰約束不明申令不熟將之罪也既已明而不如法者吏士之罪也乃欲斬左右隊長吴王從臺上觀見且斬愛姬大駭趣使使下令曰寡人已知將軍能用兵矣寡人非此二姬食不甘味願勿斬也孫子曰臣既已受命為將將在軍君命有所不受遂斬

隊長二人以徇用其次為隊長於是復鼓之婦人左右前後跪起皆中規矩繩墨無敢出聲於是孫子使使報王曰兵既整齊王可試下觀之唯王所欲用之雖赴水火猶可也吳王曰將軍罷休就舍寡人不願下觀孫子曰王徒好其言不能用其實於是闔廬知孫子能用兵卒以為將西破強楚入郢北威齊晉顯名諸侯孫子與有力焉孫武既死後百餘歲有孫臏臏生阿鄄之間亦武後世子孫也嘗與龐涓俱學兵法龐涓既事魏得為

惠王將軍而自以為能不及臏乃陰使召之臏至龎涓恐其賢於己疾之則以法刑斷其兩足黥之欲隱勿見齊使者如梁臏以刑徒陰見說齊使齊使以為竒竊載與之齊齊將田忌善而客待之忌數與齊諸公子馳逐重射孫子見其馬足不甚相逺馬有上中下輩於是謂忌曰君弟重射臣能令君勝忌信然之與王及諸公子逐射千金及臨質孫子曰今以君之下駟與彼上駟取君上駟與彼中駟取君中駟與彼下駟既馳三輩畢忌

一不勝而再勝卒得王千金於是忌進孫子於威王威
王問兵法遂以為師其後魏伐趙趙急請救於齊威王
欲將臏臏辭謝曰刑餘之人不可於是乃以田忌為將
而孫子為師居輜車中坐為計謀忌欲引兵之趙孫子
曰夫解雜亂紛糾者不控捲救鬬者不搏撠批亢擣虛
形格勢禁則自為解耳今梁趙相攻輕兵鋭卒必竭於
外老弱罷於内君不若引兵疾走大梁據其街路衝其
方虛彼必釋趙而自救是我一舉解趙之圍而收弊於

魏也忌從之魏果去邯鄲與齊戰於桂陵大破梁軍後十五年魏與趙攻韓韓告急於齊齊使田忌將而往直走大梁魏將龎涓聞之去韓而歸齊軍既已過而西矣孫子謂忌曰彼三晉之兵素悍勇而輕齊齊號為怯善戰者因其勢而利導之兵法百里而趣利者蹶上將五十里而趣利者軍半至使齊軍入魏地為十萬竈明日為五萬竈又明日為二萬竈龎涓行三日大喜曰我固知齊軍怯入吾地三日士卒亡者過半矣乃棄其步軍

與其輕鋭倍日并行逐之孫子度其行暮當至馬陵馬陵道狹而旁多阻隘可伏兵乃斫大樹白而書之曰龐涓死于此樹之下於是令齊軍善射者萬弩夾道而伏期日暮見火舉而俱發龐涓果夜至斫木下見白書乃鑽火燭之讀其書未畢齊軍萬弩俱發魏軍大亂相失龐涓自知智窮兵敗乃自剄曰遂成豎子之名齊因乘勝盡破其軍虜魏太子申以歸臏以此名顯天下世傳其兵法

吴起衛人也好用兵嘗學於曾子事魯君齊人攻魯魯
欲將起起取齊女為妻而魯疑之起於是欲就名遂殺
其妻以明不與齊也魯卒以為將將而攻齊大破之魯
人或惡起曰起之為人猜忍人也其少時家累千金游
仕不遂遂破其家鄉黨笑之起殺其謗已者三十餘人
而東出衛郭門與其母訣齧臂而盟曰起不為卿相不
復入衛遂事曾子居頃之其母死起終不歸曾子薄之
而與起絶起乃之魯學兵法以事魯君魯君疑之起殺

妻以求將夫魯小國而有戰勝之名則諸侯圖魯矣且魯衛兄弟之國也而君用起則是棄衛魯君疑之謝起起聞魏文侯賢欲事之因翟璜以見文侯以為將擊秦拔五城起之為將與士卒最下者同衣食卧不設席行不騎乘親褁贏糧與士卒分勞苦卒有病疽者起為吮之卒母聞而哭之人曰子卒也而將軍自吮其疽何哭為母曰非然也往年吳公吮其父其父戰不旋踵遂死於敵吳公今又吮其子妾不知其死所矣是以哭之文

侯以起善用兵廉平能得士心乃以為西河守以拒秦韓文侯既卒起事其子武侯武侯浮西河而下中流顧而謂起曰美哉乎山河之固此魏國之寶也起對曰在德不在險昔三苗氏左洞庭右彭蠡德義不修禹滅之夏桀之居左河濟右泰華伊闕在其南羊腸在其北修政不仁湯放之殷紂之國左孟門右太行常山在其北大河經其南修政不德武王殺之由此觀之在德不在險若君不修德舟中之人盡為敵國也武侯曰善起為

西河守甚有聲名魏置相相田文吴起不悦謂田文曰
請與子論功可乎田文曰可起曰將三軍使士卒樂死
敵國不敢謀子孰與起文曰不如子起曰治百官親萬
民實府庫子孰與起文曰不如子起曰守西河而秦兵
不敢東鄉韓趙賔從子孰與起文曰不如子起曰此三
者子皆出吾下而位加吾上何也文曰主少國疑大臣
未附百姓不信方是之時屬之於子乎屬之於我乎起
默然良久曰屬之子矣文曰此乃吾所以居子之上也

起乃自知弗如田文田文既死公叔為相尚魏公主而害起公叔之僕曰起易去也公叔曰奈何其僕曰吳起為人節廉而自喜名也君先與魏君言曰吳起賢人也而侯之國小又與強秦壤界臣竊恐起之無留心也魏君即曰奈何君因曰試延以公主起有留心則必受之無留心則必辭矣以此卜之君因召起而與歸即令公主怒而輕君起見公主之賤君也則必辭曹沫之盟其相襲謬妄久矣故特見於篇今亦不能盡正也

古史卷三十七

宋 蘇轍 撰

范蠡大夫種列傳第十四

范蠡大夫種越之二大夫也吳王夫差將伐越以報闔廬之怨越王句踐謀以兵先之范蠡諫曰臣聞持盈者與天定傾者與人節事者與地聖人隨時以行是謂守時天時不作勿為人客人事不起勿為人始今君王未盈而溢天時人事不至而欲先之必災於王身王弗聽

乃興師遇於五湖大夫種又諫曰吴之與越惟天所授
王其無庸戰夫申胥華登簡服吴國之士於甲兵而未
嘗有所挫也夫一人善射百夫決拾勝未可成也王不
如設戎約辭行成以喜其民以廣侈吴王之心吾以卜
之於天天若棄吴必許吾成而不吾足也將必寛然有
伯諸侯之心既罷獘其民而天奪之食安受其燼乃無
有命矣王又弗聽遂及夫差戰敗於夫椒以餘兵五千
棲於會稽召范蠡大夫種而謝之蠡曰臣固言之矣持

盈者與天定傾者與人節事者與地王曰奈何對曰卑詞厚禮以事之不可而身與之市越王曰諾乃使大夫種行成於吳吳王許之越王將使蠡守國蠡曰四封之內百姓之事蠡不如種四封之外敵國之制種不如蠡乃使種守而蠡為質於吳三年而吳人歸之居四年民有三年之食國之父兄請報吳王召蠡而問之對曰未可也臣聞強索者不祥得時不成反受其殃王其毋早圖王曰諾又一年王召蠡而問曰吾與子謀吳子曰未

可也今吳王淫於樂而忘百姓信讒喜優忠臣解骨其可乎對曰人事至矣天應未也王姑待之王曰諾又一年王召蠡而問曰吾與子謀吳子曰未可令伍員驟諫吳王吳王怒而殺之其可乎對曰逆節萌生天地未形而先為之征其事不成俱受其刑王姑待之王曰諾又一年王召蠡而問曰吾與子謀吳子曰未可令其稻蟹不遺種其可乎對曰天應至矣人事未盡也王姑待之王怒曰道固然乎吾與子言人事子應我以天今天應

至矣子應我以人事何也對曰王姑勿怪夫人事必與
天地相參然後可以成功今其禍新民恐人知財用貲
物不足以支長久將同其力致其死伐之必殆王姑待
之使其民盡其力而無所取食乃可以致天地之極及
季秋王又召蠡而問曰今歲晚矣子將柰何對曰微君
王之言臣固將請之從時猶救火追亡人也王曰諾遂
興師伐吴至於五湖吴人聞之出而挑戰一日五反王
弗忍欲應之蠡諫曰謀之廊廟失之中原其可乎臣聞

得時無怠時不再來天與弗取反受之災贏縮轉化後將悔之天節固然惟謀不遷王曰諾弗許蠡曰臣聞古之善用兵者贏縮以為常四時以為紀無過天極究數而止陽至而陰陰至而陽日困而還月盈而匡後則用陰先則用陽近則用柔遠則用剛後無陰蔽先無陽察用之無藝往從其所剛強以禦陽節不盡不死其野彼來從我固守勿予若將與之必因天地之災及觀其民之饑飽勞佚以參之盡其陽節盈吾陰節而奪之利宜

為人客剛強而力疾陽節不盡輕而不可取宜為人主安徐而重固陰節不盡柔而不可追凡陳之道設右以為牝益左以為牡蚤晏無失必順天道周旋無究今其來也剛強而力疾王姑待之王曰諾弗與戰居軍二年吴師自潰越兵歸至五湖蠡辭於王曰君王勉之臣不復入越國矣越王驚問其故對曰臣聞主憂臣辱主辱臣死昔君王辱於會稽臣所以不死者為此事也今事已濟矣請從君之罰王曰所以不掩子之惡揚子之美

者使其身無終沒於越國聽吾言與子分國不聽吾言
身死妻子為戮對曰臣聞命矣君行令臣行意遂乘輕
舟以浮於五湖越王使工以良金為蠡之狀而朝禮之
環會稽三百里為蠡封邑後世子孫無得侵蠡之地蠡
浮海至齊以書招大夫種種不能用而死蠡遂變姓名
自謂鴟夷子皮耕于海畔苦身戮力父子治產居無幾
何致產數十萬齊人聞其賢以為相蠡喟然嘆曰居家
則致千金居官則致卿相此布衣之極也久受尊名不

祥乃歸相印盡散其財以分與知友鄉黨而懷其重寶
間行以去止于陶以為此天下之中交易有無之路通
為生可以致富矣於是自謂陶朱公復約要父子耕畜
廢居候時轉物逐什一之利居無何則致貲累巨萬天
下稱陶朱公朱公居陶生少子少子及壯而朱公中男
殺人囚於楚朱公曰殺人而死職也然吾聞千金之子
不死於市告其少子往視之乃裝黃金千鎰置褐器中
載以一牛車且遣之朱公長男固請欲行朱公不聽長

男曰家有長子曰家督今弟有罪大人不遣乃遣少弟是吾不肖欲自殺其母為言曰今遣少子未必能生中子也而先空亡長男奈何朱公不得已而遣長子為一封書遺故善莊生曰至則進千金于莊生所聽其所為慎無與爭事長男既行亦自私齎數百金至楚莊生家負郭披藜藋到門居甚貧然長男發書進千金如其父言莊生曰可疾去矣慎毋留即弟出勿問所以然長男既去不過莊而私留以其私齎獻遺楚國貴人用事者

莊生雖居窮閻然以廉直聞於國自楚王以下皆師尊
之及朱公進金非有意受也欲以成事後復歸之以為
信耳故金至謂其婦曰此朱公之金後復歸勿動而朱
公長男不知其意以為殊無短長也莊生間時入見楚
王言某星宿某此則害於楚楚王素信莊生曰今為柰
何莊生曰獨以德為可以除之楚王曰生休矣寡人將
行之王乃使使者封三錢之府楚貴人驚告朱公長男
曰王且赦曰何以也曰每王且赦常封三錢之府昨暮

王使使封之朱公長男以為赦弟固當出也重千金虛棄莊生無所為也乃復見莊生莊生驚曰若不去耶長男曰固未也初為事弟弟今議自赦故辭生去莊生知其意欲復得其金曰若自入室取金長男即自入室取金持去獨自懽幸莊生羞為兒子所賣乃入見楚王曰臣前言某星事王言欲以修德報之今臣出道路皆言陶之富人朱公之子殺人囚楚其家多持金錢賂王左右故王非能卹楚國而赦乃以朱公子故也楚王大怒

曰寡人雖不德耳奈何以朱公之子故而施惠乎令論殺朱公子明日遂下赦令朱公長男竟持其弟喪歸至其母及邑人盡哀之唯朱公獨笑曰吾固知必殺其弟也彼非不愛其弟顧有所不能忍者也是少與我俱見苦為生難故重棄財至如少弟者生而見我富乘堅驅良逐狡兎豈知財所從來故輕棄之非所吝惜前日吾所為欲遣少子固為其能棄財故也而長者不能故卒以殺其弟事之理也無足悲者吾日夜固以望其喪之

來也故范蠡三徙成名於天下卒老死于陶故世傳曰陶朱公或曰范蠡之師計然游於越范蠡尊事之凡越之政事多計然之策

蘇子曰天下未嘗無智者也而難於擇君田豐陳宫其智皆足以制曹公而豐事袁紹宫事吕布紹布不用其言而君臣皆亡此固無足言者如陸遜之於孫權高熲之於隋文言聽計從致君於王伯矣而忮心一起二臣不得其死可不哀哉范蠡知句踐可與共患難則為之

滅吴以致其功知其不可與同安樂則棄之浮江湖如
去仇讐是以君臣免於惡名可不謂賢哉

古史卷三十七

欽定四庫全書

古史卷三十八

宋　蘇轍　撰

葉公列傳第十五

葉公諸梁字子高楚莊王之玄孫也父曰沈尹戌戌初事平王平王城州來以挑吳戌知其必敗及令尹囊瓦城郢戌又曰子常必亡郢昭王即位瓦為令尹戌為司馬瓦貪而不仁楚人惡之戌為之貳而彌縫其闕國人賴焉及柏舉之戰戌與瓦謀所以捍吳而行瓦畏其克

吳也背之出戰而敗戍反息而還敗吳師于雍澨三戰皆傷謂其臣吳句卑曰子以吾首免句卑布裳剄而裹之藏其身而免其首昭王既定以諸梁為葉公初楚太子建之遇讒也自城父奔宋又辟華氏之亂於鄭鄭人甚善之適晉與晉人謀襲鄭鄭人復之晉人使諜於建請期建暴虐於其私邑邑人訴之鄭人得晉諜遂殺建其子曰勝在吳子西欲召之葉公曰吾聞勝也詐而亂無乃害乎子西曰吾聞勝也信而勇不為不利舍諸邊

境使衛藩焉葉公曰周仁之謂信率義之謂勇吾聞勝
也好復言而求死士殆有私乎復言非信也期死非勇
也子必悔之弗從召之使處吳竟為白公請伐鄭子西
曰楚未節也不然吾不忘也它日又請許之師未起晉
人伐鄭楚救之與之盟勝怒曰鄭人在此讐不遠矣勝
自厲劍子期之子平見之曰王孫何自厲也曰勝以直
聞不告女庸為直乎將以殺尓父平以告子西子西曰
勝如卵余翼而長之楚國第我死令尹司馬非勝而誰

勝聞之曰令尹之狂也得死乃非我子西不悛勝謂石乞曰王與二卿士皆五百人當之則可矣乞曰不可得也曰市南有熊宜僚者若得之可以當五百人矣乃從白公而見之與之言説告之故辭承之以劍不動勝曰不為利諂不為威惕不洩人言以求媚者去之吳人伐慎白公敗之請以戰備獻許之遂作亂秋七月殺子西子期于朝而劫惠王子西以袂掩面而死子期曰昔吾以力事君不可以弗終抉豫章以殺人而後死石乞曰

焚庫弑王不然不濟白公曰不可弑王不祥焚庫無聚將何以守矣乞曰有楚國而治其民以敬事神可以得祥且有聚矣何患弗從葉公在蔡方城之外皆曰不可入矣葉公曰吾聞之以險徼幸者其求無饜偏重必離聞其殺齊管修也而後入白公欲以子閭為王子閭不可遂劫以兵子閭曰王孫若安靖楚國匡正王室而後畀焉啟之願也敢不聽從若將專利以傾王室不顧楚國有死不能遂殺之而以王如高府石乞尹門圉公陽

穴宮負王以如昭夫人之宮葉公亦至及北門或遇之曰君胡不冑國人望君如望慈父母焉盜賊之矢若傷君是絶民望也若之何不冑乃冑而進又遇一人曰君胡冑國人望君如望歲焉日日以幾若見君面是得艾也民知不死其亦大有奮心猶將旌君以徇於國而又掩面以絶民望不亦甚乎乃免冑而進遇箴固帥其屬將與白公子高曰微二子者楚不國矣弃德從賊其可保乎乃從葉公使與國人攻白公白公奔山而縊其徒

徵之生拘石乞而問白公之死對曰余知其死所而長
者使余勿言曰不言將烹乞曰此事克則為卿不克則
烹固其所也何害乃烹石乞子高兼二事國寧乃使子
西之子寧為令尹使子期之子寬為司馬而老於葉白
公之亂陳人恃其聚而侵楚楚既寧將取陳麥王問帥
於太師子穀子穀曰右領差車與左史老皆相令尹司
馬以伐陳其可使也子高曰帥賤民慢之懼不用命焉
子穀曰觀丁父鄀俘也武王以為軍帥是以克州蓼服

隨唐大啟羣蠻彭仲爽申俘也文王以為令尹實縣申息朝陳蔡封畛於汝唯其任也何賤之有子高曰天命不諂令尹有憾於陳天若亡之其必令尹之子是與君盍舍焉臣懼右領與左史有二俘之賤而無其令德也王卜之武城尹朝吉使師師取陳麥陳人禦之敗遂圍陳秋七月滅陳王將以王弟子良為令尹卜之沈尹朱曰吉過於其志子高曰王子而相國過將何為他日改卜子國而使為令尹楚遂以安蘇子曰孔子稱知及之

仁不能守之雖得之必失之知及之仁能守之不莊以涖之則民不敬知及之仁能守之莊以涖之動之不以禮未善也春秋之末諸侯之士知者多矣而未見其仁也葉公子高於白公之未亂也知其不可近及其既亂也舉兵而入罪人斯得而楚國以定可以言知矣使葉公因惠王之復而身為令尹以行楚國之政楚豈有間言者哉然葉公追念子西子期之功以其子為令尹司馬而身老於葉有存國之勞而不享存國之利於是可

以言仁矣昔孔子去衛磐桓陳蔡之間六年陳蔡之君無足取也意在楚葉耳當是之時葉公未有白公之功也而孔子知其仁可謂明矣然葉公終不能用孔子使聖人之効不見於當世豈仁雖能守而未暇由禮歟傳曰葉公好龍室屋雕文無非龍者天龍下之懼而還走喪其魂魄此言盖謂孔子非謂龍也昔楚昭王將用孔子矣令尹子西知孔子聖人畏其害楚而沮之或問子西於孔子孔子曰彼哉彼哉夫諸侯大夫不知孔子者

衆矣孔子未嘗疾之子西知孔子矣而獨以其害楚疑之此其罪甚於不知故孔子深疾之歟

古史卷三十八

欽定四庫全書

古史卷三十九　　　　宋　蘇轍　撰

商君列傳第十六

商君者衛之公族也名鞅少好刑名之學事魏相公叔痤為中庶子痤知其賢未及進會痤病魏惠王親往問病曰公叔病有如不可諱將奈社稷何痤曰痤之中庶子公孫鞅年雖少有奇才願王舉國而聽之王嘿然王且去痤屏人言曰王即不聽用鞅必殺之無令出境王

許諾而去痤召鞅謝曰今者王問可以為相者我言若王色不許我我方先君後臣因謂王即弗用鞅當殺之王許我汝可疾去矣且見禽鞅曰彼王不能用君之言任臣又安能用君之言殺臣乎卒不去惠王既去謂左右曰公叔病甚悲乎欲令寡人以國聽公孫鞅也豈不悖哉痤既死鞅聞秦孝公下令國中求賢者將修穆公之業東復侵地乃西入秦因孝公寵臣景監以求見孝公既見鞅語事良久孝公時時睡弗聽罷孝公怒景監

曰子之客妄人耳安足用邪景監以讓鞅鞅曰吾説公以帝道其志不開悟矣後五日復求見孝公益愈然而未中旨罷孝公復讓景監景監亦讓鞅鞅曰吾説公以王道而未入也請復見孝公善之而未用也孝公謂景監曰汝客善可與語矣鞅曰吾説公以霸道其意欲用之矣誠復見我我知之矣鞅復見孝公公與語不自知厀之前於席也語數日不厭景監曰子何以中吾君吾君之歡甚也鞅曰吾説公以帝王之道比三代而君曰

久遠吾不能待且賢君者各及其身顯名天下安能邑邑待數十百年以成帝王乎故吾以強國之術說君君大說之耳然亦難以比德於殷周矣孝公既用鞅鞅欲變法恐天下議已鞅曰疑行無名疑事無功且夫有高人之行者固見非於世有獨知之慮者必見敖於民愚者闇於成事知者見於未萌民不可與慮始而可與樂成論至德者不和於俗成大功者不謀於衆是以聖人苟可以強國不法其故苟可以利民不循其禮孝公曰

善甘龍曰不然聖人不易民而教知者不變法而治因民而教不勞而成功緣法而治吏習而民安之鞅曰龍之所言世俗之言也常人安於故俗學者溺於所聞以此兩者居官守法可也非所與論於法之外也三代不同禮而王五伯不同法而霸智者作法愚者制焉賢者更禮不肖者拘焉杜摯曰利不百不變法功不十不易器法古無過循禮無邪鞅曰治世不一道便國不法古故湯武不循古而王夏殷不易禮而亡反古者不可非

而循禮者不足多孝公曰善以鞅為左庶長卒定變法之令令民為什伍而相收司連坐不告姦者腰斬告姦者與斬敵首同賞匿姦者與降敵同罰民有二男以上不分異者倍其賦有軍功者各以率受上爵為私闘者各以輕重被刑大小僇力本業耕織致粟帛多者復其身事末利及怠而貧者舉以為收孥宗室非有軍功論不得為屬籍明尊卑爵秩等級各以差次名田宅臣妾衣服以家次有功者顯榮無功者雖富無所芬華令既

具未布恐民之不信已乃立三丈之木於國都市南門
募民有能徙置北門者予十金民怪之莫敢徙復曰能
徙者予五十金有一人徙之輙予五十金以明不欺卒
下令令行於民朞年秦民之國都言初令之不便者以
千數於是太子犯法鞅曰法之不行自上犯之將法太
子太子君嗣也不可施刑刑其傅公子虔黥其師公孫
賈明日秦人皆趨令行之十年秦民道不拾遺山無盜
賊家給人足民勇於公戰怯於私鬬鄉邑稱治秦民初

言令不便者有來言令便者鞅曰此皆亂化之民也盡遷之於邊城其後民莫敢議令於是以鞅為大良造將兵圍魏安邑（秦本紀及此皆言鞅圍魏安邑降之按後鞅欺魏將公子卬殺之破其軍然後魏去安邑徙都大梁則於此言圍魏安邑降之者皆誤也但當言圍耳）居三年築冀闕宮庭於咸陽秦自雍徙都之令民父子兄弟同室內息者為禁集五都鄉邑聚為縣置令丞凡三十一縣為田開阡陌封疆而賦稅平平斗桶權衡丈尺行之四年公子虔復犯約劓之居五年秦人富強天子致胙於孝公諸侯

畢賀其明年齊敗魏兵於馬陵虜其太子申殺將軍龐涓其明年鞅說孝公曰秦之與魏譬若人之有腹心疾非魏并秦秦即并魏何者魏居嶺阨之西都安邑與秦界河而獨擅山東之利利則西侵秦病則東收地今以君之賢國賴以盛而魏往年大破於齊諸侯畔之可因此時伐魏魏不支秦必東徙秦因據河山之固東鄉以制諸侯此帝王之業也孝公以為然使鞅將而伐魏魏使公子卬將而擊之軍既相距鞅遺卬書曰吾始與公

子歡今俱為兩國將不忍相攻可與公子面相見盟樂飲而罷兵以安秦魏卬以為然會盟已飲而鞅伏甲士襲虜卬因攻其軍盡破之魏惠王兵數破於齊秦國内空日以削恐乃使使割河西之地獻於秦以和而魏遂去安邑徙都大梁梁惠王曰寡人恨不用公叔痤之言也鞅既破魏還秦封之於商十五邑號為商君商君相秦十年宗室貴戚多怨望者趙良見商君商君曰鞅之得見也從孟蘭皐今鞅請得交可乎良曰僕弗敢願也

孔丘有言曰推賢而戴者進聚不肖而王者退僕不肖
故不敢受僕聞之曰非其位而居之曰貪位非其名而
有之曰貪名僕聽君之義則恐僕貪位貪名也故不敢
聞命商君曰子不說吾治秦歟良曰反聽之謂聰内視
之謂明自勝之謂強虞舜有言曰自卑也尚矣君不若
道虞舜之道無為問僕矣商君曰始秦戎狄之教父子
無别同室而居今我更制其教而為其男女之别大築
冀闕營如魯衛矣子觀我治秦也孰與五羖大夫賢良

曰千羊之皮不如一狐之掖千人之諾諾不如一士之諤諤武王諤諤以昌殷紂墨墨以亡君若不非武王乎則僕請終日正言而無誅可乎商君曰語有之矣貌言華也至言實也苦言藥也甘言疾也夫子果肯終日正言鞅之藥也鞅將事子子又何辭焉良曰夫五羖大夫荆之鄙人也聞秦繆公之賢而願望見行而無資自粥於秦客被褐食牛期年繆公知之舉之牛口之下加之百姓之上秦國莫敢望焉相秦六七年而東伐鄭三置

晉國之君一救荆國之禍發教封内而巴人致貢施德諸侯而八戎來服由余聞之欵關請見五羖大夫之相秦也勞不坐乘暑不張盖行於國中不從車乘不操干戈功名藏於府庫德行施於後世五羖大夫死秦國男女流涕童子不歌謡舂者不相杵此五羖大夫之德也今君之見秦王也因嬖人景監以為主非所以為名也相秦不以百姓為事大築兾闕非所以為功也刑黥太子之師傅殘傷民以峻刑是積怨畜禍也教之化民也

深於命民之効上也捷於令令君又左建外易非所以為教也君又南面而稱寡人日縄秦之貴族詩曰相鼠有體人而無禮人而無禮何不遄死以詩觀之非所以為壽也公子虔杜門不出已八年矣君又殺祝懽而黥公孫賈詩曰得人者興失人者崩此數事者非所以得人也君之出也後車十數從車載甲多力而駢脅者為驂乘持矛而操闟戟者旁車而趨此一物不具君固不出書曰恃德者昌恃力者亡君之危若朝露尚將欲延

年益壽乎則何不歸十五都灌園於鄙勸秦王顯巖穴之士養老存孤敬父兄序有功尊有德可以少安君尚將貪商於之富寵秦國之教畜百姓之怨秦王一旦捐賓客而不立朝秦國之所以收君者豈其微哉亡可翹足而待商君弗從後五月而秦孝公卒太子立公子虔之徒告商君欲反發吏捕商君商君亡至關下欲舍客舍舍人不知其是商君也曰商君之法舍人無驗者坐之商君喟然嘆曰嗟乎為法之敝一至此哉去之魏魏

人怨其欺公子卬而破魏師弗受商君欲之他國魏人曰商君秦之賊秦強而賊入魏弗歸不可遂内秦商君既復入秦走商邑與其徒屬發邑兵北出擊鄭秦發兵攻商君殺之於鄭黽池秦惠王車裂商君以徇曰莫如商鞅反者遂滅商君之家

蘇子曰解牛之技恥於屠狗御人之盜恥於穿窬衞鞅有帝王之術而肯以強國之事説孝公乎蓋鞅之志本於強國而已恐孝公之不能用是以極言其上以要之

耳鄭子華欲以鄭為市於齊管仲不受而諸侯歸之鞅欺公子卬以取魏河西利之所在無所復顧鞅而知帝王之術其肯為此哉古之制刑輕重必與事麗殺人者死傷人及盜抵罪故人雖死而無憾今鞅使不告姦者腰斬告姦者與斬敵首同賞匿姦者與降敵同罰民有二男不分異者倍賦事末利及怠而貧者舉為收孥刑之輕重豈復與事麗哉其後始皇之世有子而嫁者有刑夫為寄豭者殺之無罪妻為逃嫁者子不得母法皆

與情不應至於偶語詩書者弃市以古非令者族其端皆自鞅發之然鞅之死至於車裂而李斯之死至具五刑皆被赤族之禍天之報人豈誣也哉

古史卷三十九

古史卷四十

宋 蘇轍 撰

蘇秦列傳第十七

蘇秦者東周雒陽人也東事師於齊而習之於鬼谷先生出游數歲大困而歸兄弟嫂妹妻妾竊皆笑之曰周人之俗治產業力工商逐什二以為務今子釋本而事口舌困不亦宜乎秦聞之而慙自傷乃閉室不出出其書偏觀之曰夫士業已屈首受書而不能以取尊榮雖

多亦奚以為於是得周書陰符伏而讀之期年以出揣
摩曰此可以說當世之君矣求說周顯王顯王左右素
習知秦皆少之弗信乃西至秦秦孝公卒說惠王曰秦
四塞之國被山帶渭東有關河西有漢中南有巴蜀北
有代馬此天府也以秦士民之衆兵法之教可以吞天
下稱帝而治秦王曰毛羽未成不可以高蜚文理未明
不可以幷兼方誅商鞅疾辯士弗用乃東之趙趙肅侯
令其弟成為相號奉陽君奉陽君弗說之去游燕歲餘

而後得見說燕文侯曰燕東有朝鮮遼東北有林胡樓煩西有雲中九原南有嘑沱易水地方二千餘里帶甲數十萬車六百乘騎六千匹粟支數年南有碣石鴈門之饒北有棗栗之利民雖不佃作而足於棗粟矣此所謂天府者也夫安樂無事不見覆軍殺將無過燕者大王知其所以然乎夫燕之所以不犯寇被甲兵者以趙之為蔽其南也秦趙五戰秦再勝而趙三勝秦趙相斃而王以全燕制其後此燕之所以不犯寇也且夫秦攻

燕也踰雲中九原過代上谷彌地數千里雖得燕城秦計固不能守也秦之不能害燕亦明矣今趙之攻燕也發號出令不至十日而數十萬之軍軍於東垣矣渡嘑沱涉易水不至四五日而距國都矣故曰秦之攻燕也戰於千里之外趙之攻燕也戰於百里之内夫不憂百里之患而重千里之外計無過於此者是故願大王與趙從親天下為一則燕國必無患矣文侯曰子言則可然吾國小西廹强趙南近齊齊趙强國也子必欲合從

以安燕寡人請以國從於是資秦車馬金帛以至趙李兌為秦謂奉陽君曰齊燕離則趙重齊燕合則趙輕今君合燕於齊非趙之利也臣竊為君不取也奉陽君曰何吾合燕於齊對曰夫制燕者蘇子也而燕弱國也東不如齊西不如趙豈能東無齊而西無趙哉而君甚不善蘇秦蘇秦能抱弱燕而孤於天下哉是驅燕而使合於齊也故為君計善蘇秦則取之不善亦取之以疑燕齊燕齊疑則趙重矣奉陽君曰善乃使人與秦結交李兌

之言見戰國策然戰國策載蘇秦說趙亦云令奉陽君捐館舍與史記同然奉陽君即公子成事武靈王惠文王肅侯之世實未亡也且蘇秦死張儀說趙趙王言先王之時奉陽君蔽欺先王明其未死也今故載李兑之言而削奉陽捐館之語

秦因說趙肅侯曰為君計者莫若安民無事且無庸有事於民也安民之本在於擇交擇交而得則民安擇交而不得則民終身不安請言外患齊秦為兩敵而民不得安倚秦攻齊而民不得安倚齊攻秦而民不得安故夫謀人之主伐人之國常苦出辭斷絶人之交也願君慎勿出於口請別白黑所以異陰陽而已

矣君誠能聽臣燕必致旃裘狗馬之地齊必致魚鹽之海楚必致橘柚之園韓魏中山皆可使致湯沐之奉而貴戚父兄皆可以受封侯夫割地包利五伯之所以覆軍禽將而求也封侯貴戚湯武之所以放弑而爭也今君高拱而兩有之此臣之所以為君願也今大王與秦則秦必弱韓魏與齊則齊必弱楚魏魏弱則割河外韓弱則効宜陽宜陽効則上郡絶河外割則道不通楚弱則無援此三策者不可不熟計也夫秦下軹道則南陽

危劫韓包周則趙氏自操兵據衛取淇卷則齊必入朝秦秦欲已得乎山東則必舉兵而嚮趙矣秦甲渡河踰漳據番吾則兵必戰於邯鄲之下矣此臣之所以為君患也當今之時山東之建國莫强於趙趙地方二千餘里帶甲數十萬車千乘騎萬匹粟支數年西有常山南有河漳東有清河北有燕國燕固弱國不足畏也秦之所害於天下者莫如趙然而秦不敢舉兵伐趙者何也畏韓魏之議其後也然則韓魏趙之南蔽也秦之攻韓

魏也無有名山大川之限稍蠶食之傳國都而止韓魏
不能支秦必入臣於秦秦無韓魏之規則禍必中於趙
矣此臣之所以為君患也臣聞堯無三夫之分舜無咫
尺之地以有天下禹無百人之聚以王諸侯湯武之士
不過三千車不過三百乘卒不過三萬立為天子誠得
其道也是故明主外料其敵之强弱内度其士卒賢不
肖不待兩軍相當而勝敗存亡之機固已形於胷中矣
豈揜於衆人之言而以冥冥決事哉臣竊以天下之地

圖案之諸侯之地五倍於秦料度諸侯之卒十倍於秦六國為一并力西鄉而攻秦秦必破矣今西面而事之見臣於秦夫破人之與見破於人也臣人之與見臣於人也豈可同日而論哉夫衡人者皆欲割諸侯之地以予秦秦成則高臺榭美宮室聽竽瑟之音前有樓闕軒轅後有長姣美人國被秦患而不與其憂是故夫衡人日夜務以秦權恐愒諸侯以求割地故願大王熟計之也臣聞明主絕疑去讒屛流言之迹塞朋黨之門故尊

主廣地强兵之計臣得陳忠於前矣故竊為大王計莫
如一韓魏齊楚燕趙以從親以叛秦令天下之將相會於
洹水之上通質刳白馬而盟要約曰秦攻楚齊魏各出鋭
師以佐之韓絶其糧道趙涉河漳燕守常山之北秦攻韓
魏則楚絶其後齊出鋭師而佐之趙涉河漳燕守雲中秦
攻齊則楚絶其後韓守成臯魏塞其道趙涉河博關燕
出鋭師以佐之秦攻燕則趙守常山楚軍武關齊涉勃海
韓魏皆出鋭師以佐之秦攻趙則韓軍宜陽楚軍武關魏

軍河外齊涉清河燕出銳師以佐之諸侯有不如約者以五國之兵共伐之六國從親以賓秦則秦甲必不敢出於函谷以害山東矣如此則霸王之業成矣趙王曰寡人年少立國日淺未嘗得聞社稷之長計也今上客有意存天下安諸侯寡人敬以國從乃飾車百乘黃金千鎰白璧百雙錦繡千純以約諸侯是時周天子致文武之胙於秦惠王惠王使犀首攻魏禽將龍賈取魏之雕陰且欲東兵蘇秦恐秦兵之至趙也乃激怒張儀入之于秦於是說韓

宣惠王曰韓北有鞏洛成臯之固西有宜陽商阪之塞東有宛穰洧水南有陘山地方九百餘里帶甲數十萬天下之强弓勁弩皆從韓出谿子少府時力距來者皆射六百步之外韓卒超足而射百發不暇止遠者括蔽洞胷近者鏑弇心韓卒之劒戟皆出於冥山棠谿墨陽合賻鄧師宛馮龍淵太阿皆陸斷牛馬水截鵠鴈當敵則斬堅甲鐵幕革抉㕹芮無不畢具以韓卒之勇被堅甲蹠勁弩帶利劒一人當百不足言也夫以韓之勁與大王之賢乃西面

事秦交臂而服羞社稷而為天下笑無大於此者矣是故
願大王孰計之大王事秦秦必求宜陽成臯今兹効之明
年又復求割地與則無地以給之不與則棄前功而受後
禍且大王之地有盡而秦之求無已以有盡之地而逆無
已之求此所謂市怨結禍者也不戰而地已削矣臣聞鄙
諺曰寧為雞口無為牛後今西面交臂而臣事秦何異於
牛後乎夫以大王之賢挾强韓之兵而有牛後之名臣竊
為大王羞之於是韓王勃然作色攘臂瞋目按劒仰天

太息曰寡人雖不肖必不能事秦今主君詔以趙王之教敬奉社稷以從又說魏襄王曰大王之地南有鴻溝陳汝南許鄢昆陽召陵舞陽新都新郪東有淮頴煮棗無胥西有長城之界北有河外卷衍酸棗地方千里地名雖小然而田舍廬廡之數曾無所芻牧人民之衆車馬之多日夜行不絶輷輷殷殷若有三軍之衆臣竊量大王之國不下楚然衡人怵王以交强虎狼之秦以侵天下卒有秦患不顧其禍夫挾强秦之勢以内劫其主

罪無過此者魏天下之强國也王天下之賢主也今乃有意西面而事秦稱東藩築帝宫受冠帶祠春秋臣竊為大王恥之臣聞越王句踐戰敝卒三千人禽夫差於干遂武王卒三千人革車三百乘制紂於牧野豈其士卒衆哉誠能奮其威也今竊聞大王之卒武士二十萬蒼頭二十萬奮擊二十萬廝徒十萬車六百乘騎五千匹此其過越王句踐武王遠矣今乃聽於羣臣之說而欲臣事秦夫事秦必割地以効實故兵未用而國已虧

矣凡羣臣之言事秦者姦人非忠臣也夫為人臣割其主之地以求外交偷取一時之功而不顧其後破公家而成私門外挾强秦之勢以內劫其主以求割地願大王熟察之周書曰綿綿不絕蔓蔓奈何毫釐不伐將用斧柯前慮不定後有大患將奈之何大王誠能聽臣六國從親專心并力一意則必無强秦之患故敝邑趙王使臣効愚計奉明約在大王之詔詔之魏王曰寡人不肖未嘗得聞明教今主君以趙王之詔詔之敬以國從

因東説齊宣王曰齊南有泰山東有琅邪西有清河北有勃海所謂四塞之國也齊地方二千餘里帶甲數十萬粟如丘山三軍之良五家之兵進如鋒矢戰如雷霆解如風雨即有軍役未嘗倍泰山絶清河涉勃海也臨菑之中七萬戸臣竊度之不下戸三男子三七二十一萬不待發於遠縣而臨菑之卒固已二十一萬矣臨菑甚富而實其民無不吹竽鼓瑟彈琴擊筑鬬鷄走狗六博蹋鞠者臨菑之途車轂擊人肩摩連衽成帷舉袂成

幕揮汗成雨家殷人足志高氣揚夫以大王之賢與齊
之强天下莫能當今乃西面而臣事秦臣竊為大王羞
之且夫韓魏之所以重畏秦者為與秦接境壤界也兵
出而相當不出十日而戰勝存亡之機決矣韓魏戰而
勝秦則兵半折四境不守戰而不勝則國已危亡隨其
後是故韓魏之所以重與秦戰而輕為之臣也今秦之
攻齊則不然倍韓魏之地過衛陽晉之道徑乎亢父之
險車不得方軌騎不得比行百人守險千人不敢過也

秦雖欲深入則狼顧恐韓魏之議其後也是故恫疑虛
喝驕矜而不敢進則秦之不能害齊亦明矣夫不深料
秦之無奈齊何而欲西面而事之是羣臣之計過也今
無臣事秦之名而有强國之實臣是故願大王稍留意
計之齊王曰寡人不敏僻遠守海窮道東境之國也未
嘗得聞餘教今足下以趙王詔詔之敬以國從乃西南
說楚威王曰楚天下之强國也王天下之賢主也西有
黔中巫郡東有夏州海陽南有洞庭蒼梧北有陘塞郇

陽地方五千餘里帶甲百萬車千乘騎萬匹粟支十年
此霸王之資也夫以楚之强與王之賢天下莫能當也
今乃欲西面而事秦則諸侯莫不西面而朝於章臺之
下矣秦之所害莫如楚楚强則秦弱秦强則楚弱其勢
不兩立故為大王計莫如從親以孤秦大王不從秦必
起兩軍一軍出武關一軍下黔中則鄢郢動矣臣聞治
之其未亂也為之其未有也患至而後憂之則無及矣
故願大王早熟計之大王誠能聽臣臣請令山東之國

奉四時之獻以承大王之明詔委社稷奉宗廟練士厲兵在大王之所用之大王誠能用臣之愚計則韓魏齊燕趙魏之妙音美人必充後宫燕代槖駞良馬必實外廐故從合則楚王衡成則秦帝今釋霸王之業而有事人之名臣竊為大王不取也夫秦虎狼之國也有呑天下之心秦天下之仇讎也衡人皆欲割諸侯之地以事秦此所謂養仇而奉讎者也夫為人臣割其主之地以外交强虎狼之秦以侵天下卒有秦患不顧其禍夫外

挾强秦之威以内刼其主以求割地大逆不忠無過此
者故從親則諸侯割地以事楚衡合則楚割地以事秦
此兩策者相去遠矣二者大王何居焉故敝邑趙王使
臣効愚計奉明約在大王詔之楚王曰寡人之國西與
秦接境秦有舉巴蜀幷漢中之心秦虎狼之國不可親
也而韓魏迫於秦患不可與深謀恐反人以入於秦故
謀未發而國已危矣寡人自料以楚當秦不見勝也内
與羣臣謀不足恃也寡人卧不安席食不甘味心揺揺

然如懸旌而無所終薄令主君欲一天下收諸侯存危國寡人謹奉社稷以從於是六國從合而并力焉秦為從約長并相六國北報趙王乃行過雒陽車騎輜重諸侯各發使送之甚衆擬於王者周顯王聞之恐懼除道使人郊勞秦之昆弟妻嫂側目不敢仰視俯伏侍取食秦笑謂其嫂曰何前倨而後恭也嫂委蛇蒲服以面掩地而謝曰見季子位高金多也秦喟然歎曰此一人之身富貴則親戚畏懼之貧賤則輕易之況衆人乎且使

我有洛陽負郭田二頃吾豈能佩六國相印乎於是散千金以賜宗族朋友初秦之燕貸百錢為資及得富貴以百金償之徧報諸所嘗見德者其從者有一人獨未得報乃前自言秦曰我非忘子子之與我至燕再三欲去我易水之上方是時我困故望子深是以後子子今亦得矣秦既約六國從親歸趙趙肅侯封為武安君乃投從約書於秦秦兵不敢闚函谷關時趙肅侯之十六年也十七年秦使犀首說齊魏與共伐趙欲敗從約十

八年齊魏遂伐趙趙王讓蘇秦蘇秦恐請使燕必報齊蘇秦去趙而從約皆解然諸侯宗秦之策時相與合從或合或解秦人病之兵不敢大出者十五年秦既入燕秦惠王以其女為燕太子婦是歲文侯卒太子立是為燕易王易王初立齊宣王因燕喪伐燕取十城易王謂秦曰往日先生至燕而先王資先生見趙遂約六國從今齊先伐趙次至燕以先生之故為天下笑先生能為燕得侵地乎秦大慙曰請為王取之秦見齊王再拜俯

而慶仰而弔齊王曰是何慶弔相隨之速也秦曰臣聞飢人所以飢而不食烏喙者為其愈充腹而與餓死同患也今燕雖弱小即秦王之少壻也大王利其十城而長與强秦為仇今使弱燕為鴈行而强秦蔽其後以招天下之精兵是食烏喙之類也齊王愀然變色曰然則奈何秦曰臣聞古之善制事者轉禍為福因敗為功大王誠能聽臣計即歸燕之十城燕無故而得十城必喜秦王知以已之故而歸之十城亦必喜此所謂棄仇讎

而得石交者也夫燕秦俱事齊則大王號令天下莫敢
不聽是王以虛辭附秦以十城取天下此霸王之業也
王曰善於是乃歸燕之十城人有毀秦者曰左右賣國
反覆之臣也將作亂秦恐得罪歸而燕王不復官也秦
見燕王曰臣東周之鄙人也無有分寸之功而王親拜
之於廟而禮之於廷今臣為王却齊之兵而攻得十城
宜以益親今來而王不官臣者人必有以不信傷臣於
王者臣之不信王之福也臣聞忠信者所以自為也進

取者所以為人也且臣之説齊王曾非欺之也臣棄老母於東周固去自為而行進取也今有孝如曾參廉如伯夷信如尾生得此三人者以事大王何若王曰足矣秦曰孝如曾參義不離其親一宿於外王又安能使之步行千里而事弱燕之危王哉廉如伯夷義不為孤竹君之嗣不肯為武王臣不受封侯而餓死首陽山下有廉如此王又安能使之步行千里而行進取於齊哉信如尾生與女子期於梁下女子不來水至不去抱柱而

死有信如此王又安能使之步行千里却齊之强兵哉臣所謂以忠信得罪於上者也燕王曰若不忠信耳豈有以忠信而得罪者乎秦曰不然臣聞客有遠為吏而其妻私於人者其夫將來其私者憂之妻曰勿憂吾已作藥酒待之矣居三日其夫果至妻使妾舉藥酒進之妾欲言酒之有藥則恐其逐主母也欲勿言乎則恐其殺主父也於是乎佯僵而棄酒主父大怒笞之五十故妾一僵而覆酒上存主父下存主母然而不免於笞惡

在乎忠信之無罪也夫臣之過不幸而類是乎燕王曰
先生復就故官益厚遇之易王母文侯夫人也與秦私
通燕王知之而事之加厚秦恐誅乃說燕王曰臣居燕
不能使燕重而在齊則燕必重燕王曰唯先生之所為
於是秦詳為得罪於燕而亡走齊齊宣王以為客卿齊
宣王卒湣王即位說湣王厚葬以明孝高宫室大苑囿
以明得意欲破弊齊而為燕燕易王卒燕噲立為王其
後齊大夫多與秦爭寵者而使人刺秦不死殊而走齊

王使人求賊不得秦且死乃謂齊王曰臣即死車裂臣以徇於市曰蘇秦為燕作亂於齊如此則殺臣之賊必得矣於是如其言而殺秦者果自出齊王因而誅之燕聞之曰甚矣齊之為蘇生報仇也秦既死其事大泄齊後聞之乃恨怒燕燕甚恐秦之弟曰代代弟厲見兄遂亦皆學及秦死代乃求見燕王欲襲故事說燕王曰臣聞明主務聞其過不欲聞其善臣請謁王之過齊趙者燕之仇讎也楚魏者燕之援國也今王奉仇讎以伐援

國非所以利燕也王曰寡人之於齊趙非所欲伐也曰夫無謀人之心而令人疑之殆有謀人之心而令人知之拙謀未發而聞於外則危今臣聞王居處不安食飲不甘思念報齊身自削甲札日有大數妻自組甲絣日有大數有之乎王曰子聞之寡人不敢隱也我有深怨積怒於齊而欲報之二年矣直患國敝力不足也子能以燕伐齊則寡人舉國委子對曰凡天下戰國七燕處弱焉獨戰則不能有所附則無不重南附楚楚重西附

秦秦重中附韓魏韓魏重且茍所附之國重此必使王重矣今夫齊長主而自用也南攻楚五年畜聚竭西困秦三年士卒罷㢢北與燕人戰覆三軍得二將然而以其餘兵南面舉五千乘之大宋而包十二諸侯此其君欲得其民力竭惡足取乎且臣聞之數戰則民勞久師則兵㢢矣燕王曰吾聞齊有清濟濁河可以為固長城鉅防足以為塞誠有之乎對曰天時不與雖有清濟濁河惡足以為固民力罷㢢雖有長城鉅防惡足以為塞

且異日濟西不師所以備趙也河北不師所以備燕也
今濟西河北盡已役矣封内敝矣夫驕君必好利而亡
國之臣必貪於財王誠能無羞寵子母弟以為質寶珠
玉帛以事左右彼將有德燕而輕亡宋則齊可亡已燕
王曰吾終以子受命於天矣燕乃使一子質於齊而蘇
厲因燕質子而求見齊王齊王怨蘇秦欲囚厲質子為
謝已遂委質為齊臣燕相子之與代婚而欲得燕權乃
使代侍質子於齊齊使代報燕燕王噲問曰齊王其霸

乎曰不能曰何也曰不信其臣於是燕王專任子之已而讓位燕大亂齊伐燕殺王噲子之燕立昭王而代厲遂不敢入燕皆終歸齊齊善待之代過魏魏為燕執代齊使人謂魏王曰齊請以宋地封涇陽君秦必不受秦非不利有齊而得宋地也不信齊王與蘇子也今齊魏不和如此其甚則齊不欺秦秦信齊齊秦合涇陽君有宋地非魏之利也故王不如東蘇子秦必疑齊而不信蘇子矣齊秦不合天下無變伐齊之形成矣於是出代

代之宋宋善待之齊伐宋宋急代乃遺燕昭王書曰夫列在萬乘而寄質於齊名卑而權輕奉萬乘助齊伐宋民勞而實費夫破宋殘楚淮北肥大齊讎强而國害此三者皆國之大敗也然且王行之一者將以取信於齊也齊加不信於王而忌燕愈甚是王之計過矣夫以宋加之淮北强萬乘之國也而齊幷之是益一齊也北夷方七百里加之以魯衛强萬乘之國也而齊幷之是益二齊也夫一齊之强燕猶狼顧而不能支今以三齊臨

燕其禍必大矣雖然智者舉事因禍為福轉敗為功齊紫敗素也而賈十倍越王句踐棲於會稽復殘强吳而霸天下此皆因禍為福轉敗為功者也今王若欲因禍為福轉敗為功則莫若挑霸齊而尊之使使盟於周室焚秦符曰其大上計破秦其次必長賓之秦挾賓以待破秦王必患之秦五世伐諸侯今為齊下秦王之志茍得窮齊不憚以國為功然則王何不使辯士以此言説秦王曰燕趙破宋肥齊尊之為之下者燕趙非利之也

燕趙不利而勢為之者以不信秦王也然則王何不使可信者接收燕趙令涇陽君高陵君先於燕趙秦有變因以為質則燕趙信秦秦為西帝燕為北帝趙為中帝立三帝令於天下韓魏不聽則秦伐之齊不聽則燕趙伐之天下孰敢不聽天下服聽因驅韓魏以伐齊曰必反宋地歸楚淮北反宋地歸楚淮北燕趙之所利也並立三帝燕趙之所願也夫實得所利尊得所願燕趙棄齊如脫躧矣今不收燕趙齊霸必成諸侯贊齊而王不從

是國伐也諸侯贊齊而王從之是名卑也今收燕趙國安而名尊不收燕趙國危而名卑夫去尊安而取危卑智者不為也秦王聞若說必若刺心然則王何不使辯士以此苦言說秦秦必取齊必伐矣夫取秦厚交也伐齊正利也尊厚交務正利聖王之事也燕昭王善其書曰先人嘗有德蘇氏子之之亂而蘇氏去燕燕欲報仇於齊非蘇氏莫可乃召代復善待之與謀伐齊代謂昭王曰臣聞善為事者先量其國之大小而揆其兵之强

弱故功可成而名可立也今夫烏獲舉千鈞之重行年八十而求扶持齊雖强國也西勞於宋南罷於楚則齊軍可敗而河間可取矣昭王曰善吾請拜子為上卿奉子車百乗子以此為寡人游於齊代因與昭王謀離齊趙之交乃先入趙說奉陽君伐齊奉陽君不悦（蘇秦初說趙肅侯而奉陽君相趙至此約五十年則年七十餘矣）乃入齊惡趙令齊絶於趙齊趙已絶乃説湣王伐宋又自齊使使謂昭王曰齊趙已孤矣王何不出兵攻齊燕人伐齊湣王不知代謀使代

將而拒燕代固辭不許再敗齊師及樂毅以五國兵破
齊濟西王遂出走久之秦召燕王燕王欲往代約燕王
曰楚得枳而國亡齊得宋而國亡齊楚不得以有枳宋
而事秦者何也則有功者秦之深讎也秦取天下非行
義也暴也秦之行暴正告天下告楚曰蜀地之甲乘船
浮於汶乘夏水而下江五日而至郢漢中之甲乘船出
於巴乘夏水而下漢四日而至五渚寡人積甲宛東下
隨智者不及謀勇士不及怒寡人如射隼矣王乃欲待

天下之攻函谷不亦遠乎楚王為是故十七年事秦秦正告韓曰我起乎少曲一日而斷太行我起乎宜陽而觸平陽二日而莫不盡繇我離兩周而觸鄭五日而國舉韓氏以為然故事秦秦正告魏曰我舉安邑塞女戟韓氏太原〔案索隱太原非魏地當作太行〕卷我下枳道〔案索隱霸陵有枳道亭非魏地河内有軹縣當言軹而已〕南陽封冀包兩周乘夏水浮輕舟強弩在前鋏戈在後決滎口魏無大梁決白馬之口魏無外黃濟陽決宿胥之口魏無虛頓丘陸攻則擊河內水攻則

滅大梁魏氏以為然故事秦秦欲攻安邑恐齊救之則
以宋委於齊曰宋王無道為木人以寫寡人射其面寡
人地絶兵遠不能攻也王苟能破宋有之寡人如自行
之已得安邑塞女戟因以破宋為齊罪秦欲攻韓恐天
下救之則以齊委於天下曰齊王四與寡人約四欺寡
人必率天下以攻寡人者三有齊無秦有秦無齊必伐
之亡之已得宜陽少曲致藺石因以破齊為天下罪秦
欲攻魏重楚則以南陽委於楚曰寡人固與韓且絶矣

殘均陵塞鄳阨茍利於楚寡人如自有之魏棄與國而合於秦因以塞鄳阨為楚罪兵困於林中重燕趙以膠東委於燕以濟西委於趙已得講於魏質公子延因犀首屬行而攻趙兵傷於離石遇敗於陽馬而重魏則以葉蔡委於魏已得講於趙則劫魏不為割困則使太后弟穰侯為和贏則兼欺舅與母適燕者曰以膠東適趙者曰以濟西適魏者曰以葉蔡適楚者曰以塞鄳阨適齊者曰以宋此必令言如循環用兵如刺蜚母不能制舅

不能約龍賈之戰岸門之戰封陵之戰高商之戰趙莊之戰秦之所殺三晉之民數百萬今其生者皆死秦之孤也西河之外上雒之地三川晉國之禍三晉之半秦禍如此其大也而燕趙之秦者皆爭以事秦說其主此臣之所大患燕昭王不行代復重於燕燕使約諸侯從親如蘇秦時或從或不而天下由此宗蘇氏之從約代厲皆以壽死名顯諸侯

蘇子曰秦強而諸侯弱游談之士為橫者易為功而為

從者難為力然而從成則諸侯利而秦病横成則秦帝而諸侯虜要之二者皆出於權譎而從為愈歟蘇秦本說秦為横不合而激於燕趙甘心於所難為之期年而歃血於洹水之上可不謂能乎然口血未乾犀首一出而齊趙背盟從約皆破蓋諸侯異心譬如連雞不能俱飛勢固然矣而太史公以為約書入秦秦人為之閉函谷者十五年此說客之浮語而太史公信之過矣

古史卷四十

古史卷四十一

宋　蘇轍　撰

張儀列傳第十八

張儀者魏人也始嘗與蘇秦俱事鬼谷先生學術蘇秦自以不及儀儀已學而游説諸侯嘗從楚相飲楚相亡璧門下意儀曰儀貧無行必此盜相君之璧共執儀掠笞數百不服醳之其妻曰嘻子毋讀書游説安得此辱乎儀謂其妻曰視吾舌尚在否其妻笑曰舌在也儀曰

足矣蘇秦已説趙王而得相約從親然恐秦之攻諸侯敗約後負念莫可使用於秦者乃使人微感儀曰子始與蘇秦善今秦已當路子何不往游以求通子之願儀於是之趙上謁求見蘇秦秦乃誡門下人不為通又使不得去者數日及見坐之堂下賜僕妾之食因而數讓之曰以子之材能乃自令困辱至此吾寧不能言而富貴子子不足收也謝去之儀之來也自以為故人求益反見辱怒念諸侯莫可事獨秦能苦趙乃遂入秦蘇秦

已而告其舍人曰張儀天下賢士吾殆弗如也今吾幸
先用而能用秦者獨張儀可耳然貧無因以進吾恐其
樂小利而不遂故召辱之以激其意子為我陰奉之乃
言趙王發金幣車馬使人微隨儀與同宿舍稍近就之
奉以車馬金錢所欲用為取給而弗告儀遂得以見秦
惠王惠王以為客卿與謀伐諸侯蘇秦之舍人乃辭去
儀曰賴子得顯方且報德何故去也舍人曰臣非知君
知君乃蘇君蘇君憂秦伐趙敗從約以為非君莫能得

秦柄故感怒君使臣陰奉給君資盡蘇君之計謀今君

已用請歸報儀曰嗟乎此吾在術中而不悟吾不及蘇

君明矣吾又新用安能謀趙乎為吾謝蘇君蘇君之時

儀何敢言且蘇君在儀寧渠能乎儀既相秦為文檄告

楚相曰始吾從若飲我不盜而璧若笞我若善守汝國

我顧且盜而城苴蜀相攻擊各來告急於秦惠王欲發

兵以伐蜀以為道險狹難至而韓又來侵惠王欲先伐

韓後伐蜀恐不利欲先伐蜀恐韓襲秦之敝猶豫未能

決司馬錯與儀爭論於惠王之前錯欲伐蜀儀曰不如伐韓王曰請聞其説儀曰親魏善楚下兵三川塞斜谷之口當屯留之道魏絶南陽楚臨南鄭秦攻新城宜陽以臨二周之郊誅周王之罪侵楚魏之地周自知不能救九鼎寶器必出據九鼎案圖籍挾天子以令於天下莫敢不聽此王業也今夫蜀西僻之國而戎翟之倫也敝兵勞衆不足以成名得其地不足以為利臣聞爭名者於朝爭利者於市今三川周室天下之朝市也而王

不爭焉顧爭於戎翟去王業遠矣錯曰不然臣聞之欲
富國者務廣其地欲强兵者務富其民欲王者務博其
德三資者備而王隨之矣今王地小民貧故臣願先從
事於易夫蜀西僻之國而戎翟之長也有桀紂之亂以
秦攻之譬如使豺狼逐羣羊得其地足以廣國取其財
足以富民繕兵不傷衆而彼已服焉拔一國而天下不
以為暴利盡西海而天下不以為貪是我一舉而名實
附也而又有禁暴止亂之名今攻韓劫天子惡名也而

未必利也又有不義之名而攻天下所不欲危矣臣請論其故周天下之宗室也齊韓之與國也周自知失九鼎韓自知亡三川將二國并力合謀以因乎齊趙而求解乎楚魏以鼎與楚以地與魏王弗能止也此臣之所謂危也不如伐蜀完惠王曰善卒起兵伐蜀十月取之遂定蜀以蜀封秦公子為侯而使陳莊相蜀蜀既屬秦秦以益強富厚輕諸侯楚威王攻魏儀謂秦王曰王不如助魏以勁之魏戰勝復聽秦必入西河之外不勝魏

不能守王必取之王用儀言取魏皮氏以卒萬人車百乘助魏將犀首擊敗楚師魏兵罷弊恐畏秦果獻西河之外惠王十年使公子華與張儀圍蒲陽降之儀因言秦復與魏而使公子繇質於魏儀因說魏王曰秦王之遇魏甚厚魏不可以無禮魏因入上郡少梁謝秦惠王乃以儀為相更名少梁曰夏陽儀相秦四歲立惠王為王居一歲為秦將取陝築上郡塞其後二年使與齊楚之相會齧桑東還而免相相魏以為秦欲令魏先事秦

而諸侯効之魏王不肯聽儀秦王怒伐取魏之曲沃平
周復陰厚儀益甚儀慙無以歸報留魏四歲而魏襄王
卒哀王立儀復說哀王哀王不聽於是儀陰令秦伐魏
魏與秦戰敗明年齊又來敗魏於觀津秦復欲攻魏先
敗韓申差軍斬首八萬諸侯震恐而儀復說魏王曰魏
地方不至千里卒不過三十萬地四平諸侯四通輻湊
無名山大川之限從鄭至梁二百餘里車馳人走不待
力而至梁南與楚境西與韓境北與趙境東與齊境卒

戍四方守亭鄣者不下十萬梁之地勢固戰場也梁南與楚而不與齊則齊攻其東東與齊而不與趙則趙攻其北不合於韓則韓攻其西不親於楚則楚攻其南此所謂四分五裂之道也且夫諸侯之為從者將以安社稷尊主強兵顯名也今從者一天下約為昆弟刑白馬以盟洹水之上以相堅也而親昆弟同父母尚有爭錢財而欲恃詐偽反覆蘇秦之餘謀其不可成亦明矣大王不事秦秦下兵攻河外據卷衍酸棗劫衛取陽晉則

趙不南趙不南而梁不北梁不北則從道絶則大王之國欲無危不可得也秦折韓而攻梁韓劫於秦秦韓為一梁之亡可立而須也此臣之所為大王患也為大王計莫如事秦事秦則楚韓必不敢動無楚韓之患則大王高枕而卧國必無憂矣且夫秦之所欲弱者莫如楚而能弱楚者莫如梁楚雖有富大之名而實空虛其卒雖多然而輕走易北不能堅戰悉梁之兵南面而伐楚勝之必矣割楚而益梁虧楚而適秦嫁禍安國此善事

也大王不聽臣秦下甲士而東伐雖欲事秦不可得矣且夫從人多奮辭而少可信説一諸侯而成封侯是故天下之游談士莫不日夜搤腕瞋目切齒以言從之便以説人主人主賢其辯而牽其説豈得無眩哉臣聞之積羽沉舟羣輕折軸衆口鑠金積毀銷骨故願大王審定計議且賜骸骨辟魏哀王於是乃倍從約而因儀請成於秦儀歸復相秦三歲而魏復倍秦為從秦攻魏取曲沃明年魏復事秦秦欲伐齊齊楚從親於是儀往相

楚楚懷王聞儀來虛上舍而自館之曰此僻陋之國子何以教之儀說楚王曰大王誠能聽臣閉關絶約於齊臣請獻商於之地六百里使秦女得為大王箕箒之妾秦楚娶婦嫁女長為兄弟之國此北弱齊而西益秦也計無便此者楚王大悅而許之羣臣皆賀陳軫獨弔之楚王怒曰寡人不興師發兵得六百里地羣臣皆賀子獨弔何也陳軫對曰不然以臣觀之商於之地不可得而齊秦合齊秦合則患必至矣楚王曰有說乎陳軫對

曰夫秦之所以重楚者以其有齊也今閉關絶約於齊
則楚孤秦奚貪夫孤國而與之商於之地六百里張儀
至秦必負王是北絶齊交西生患於秦也而兩國之兵
必俱至善為王計者不若陰合而陽絶於齊使人隨張
儀茍與吾地絶齊未晚也不與吾地陰合謀計也楚王
曰願陳子閉口毋復言以待寡人得地乃以相印授儀
厚賂之於是遂閉關絶約於齊使一將軍隨儀儀至秦
詳失綏墮車不朝三月楚王聞之曰儀以寡人絶齊未

甚邪乃使勇士至宋借宋之符北罵齊王齊王大怒折節而下秦秦齊之交合儀乃朝謂楚使者曰臣有奉邑六里願以獻大王左右楚使者曰臣受令於王以商於之地六百里不聞六里還報楚王楚王大怒發兵而攻秦陳軫曰軫可發口言乎攻之不如割地反以賂秦與之并兵而攻齊是我出地於秦取償於齊也王國尚可存楚王不聽卒發兵而使將軍屈匄擊秦秦齊攻楚斬首八萬殺屈匄遂取丹陽漢中之地楚又復益發兵襲

秦至藍田大戰楚大敗於是楚割兩城以與秦平秦要楚欲得黔中地欲以武關外易之楚王曰不願易地願得張儀而獻黔中地秦王欲遣之口弗忍言儀乃請行惠王曰彼楚王怒子之負以商於之地是且甘心於子儀曰秦强楚弱臣善靳尚尚得事楚夫人鄭袖袖所言皆從且臣奉王之節使楚楚何敢加誅假令誅臣而為秦得黔中之地臣之上願遂使楚楚懷王至則囚儀將殺之靳尚謂鄭袖曰子亦知子之賤於王乎鄭袖曰何

也靳尚曰秦王甚愛張儀而必欲出之今將以上庸之
地六縣賂楚以美人聘楚以宮中善歌謳者為媵楚王
重地尊秦秦女必貴而夫人斥矣不若為言而出之於
是鄭袖日夜言懷王曰人臣各為其主用今地未入秦
秦使張儀來至重王王未有禮而殺張儀秦必大怒攻
楚妾請子母俱遷江南毋為秦所魚肉也懷王後悔赦
儀厚禮之如故儀既出未去聞蘇秦死乃說楚王曰秦
地半天下兵敵四國被險帶河四塞以為固虎賁之士

百餘萬車千乘騎萬匹積粟如丘山法令既明士卒安
難樂死主明以嚴將智以武雖無出甲席卷常山之險
必折天下之脊天下有後服者先亡且夫為從者無以
異於驅羣羊而攻猛虎虎之與羊不格明矣今王不與
猛虎而與羣羊臣竊以為大王之計過也凡天下强國
非秦而楚非楚而秦兩國交爭其勢不兩立大王不與
秦秦下甲據宜陽韓之上地不通下河東取成皋韓必
入臣梁則從風而動秦攻楚之西韓梁攻其北社稷安

得毋危且夫從者聚羣弱而攻至强不料敵而輕戰國貧而數舉兵危亡之術也臣聞之兵不如者勿與挑戰粟不如者勿與持久夫從人飾辯虛辭高主之節言其利不言其害卒有秦禍無及為已是故願大王之熟計之秦西有巴蜀大船積粟起於汶山浮江以下至楚三千餘里舫船載卒一舫載五十人與三月之食下水而浮一日行三百餘里里數雖多然而不費牛馬之力不至十日而距扞關扞關驚則從境以東盡城守矣黔中

巫郡非王之有秦舉甲出武關南面而伐則北地絶秦兵之攻楚也危難在三月之内而楚待諸侯之救在半歲之外此其勢不相及也夫待弱國之救忘强秦之禍此臣所為大王患也大王嘗與吳人戰五戰而三勝陣卒盡矣偏守新城存民苦矣臣聞功大者易危而民敝者怨上夫守易危之功而逆强秦之心臣竊為大王危之且夫秦之所以不出兵函谷十五年以攻齊趙者陰謀有合天下之心楚嘗與秦構難戰於漢中楚人不勝

列侯執珪死者七十餘人遂亡漢中楚王大怒興兵襲秦戰於藍田此所謂兩虎相搏者也夫秦楚相敝而韓魏以全制其後計無危於此者矣願大王熟計之秦下甲攻衛陽晉必大關天下之匈大王悉起兵以攻宋不至數月而宋可舉舉宋而東指則泗上十二諸侯盡王之有也凡天下而以信約從親相堅者蘇秦封武安君相燕即陰與燕王謀伐破齊而分其地乃詳有罪出走入齊齊王因受而相之居二年而覺齊王大怒車裂蘇

秦於市夫以一詐偽之蘇秦而欲經營天下混一諸侯其不可成亦明矣今秦與楚接境壤界固形親之國也大王誠能聽臣臣請使秦太子入質於楚楚太子入質於秦請以秦女為大王箕箒之妾効萬室之都以為湯沐之邑長為昆弟之國終身無相攻伐臣以為計無便於此者於是楚王已得儀而重出黔中地與秦欲許之屈原曰前大王見欺於張儀儀至臣以為大王烹之今縱弗忍殺之又聽其邪説不可懷王曰許儀而得黔中

美利也後而倍之不可故卒許儀與秦親儀去楚因遂之韓說韓王曰韓地險惡山居五穀所生非菽而麥民之食大抵飯菽藿羮一歲不收民不饜糟糠地不過九百里無二歲之食料大王之卒悉之不過三十萬而廝徒負養在其中矣除守徼亭障塞見卒不過二十萬而已矣秦帶甲百餘萬車千乘騎萬匹虎賁之士跿跔科頭貫頤奮戟者至不可勝計秦馬之良戎兵之衆探前趹後蹄間三尋騰者不可勝數山東之士被甲蒙胄以

會戰秦人捐甲徒裼以趨敵左挈人頭右挾生虜夫秦卒與山東之卒猶孟賁之與怯夫以重力相壓猶烏獲之與嬰兒夫戰孟賁烏獲之士以攻不服之弱國無異垂千鈞之重於鳥卵之上必無幸矣夫羣臣諸侯不料地之寡而聽從人之甘言好辭比周以相飾也皆奮曰聽吾計可以强霸天下夫不顧社稷之長利而聽須臾之說詿誤人主無過此者大王不事秦秦下甲據宜陽斷韓之上地東取成皋滎陽則鴻臺之宮桑林之苑非

王之有也夫塞成皋絶上地則王之國分矣先事秦則
安不事秦則危夫造禍而求其福報計淺而怨深逆秦
而順楚雖欲毋亡不可得也故爲大王計莫如爲秦秦
之所欲莫如弱楚而能弱楚者莫如韓非以韓能强於
楚也其地勢然也今王西面而事秦以攻楚秦王必喜
夫攻楚以利其地轉禍而說秦計無便於此者韓王聽
儀計儀歸報秦惠王封儀五邑號曰武信君使儀東說
齊湣王曰天下强國無過齊者大臣父兄殷衆富樂然

而為大王計者皆為一時之説不顧百世之利從人説大王者必曰齊西有强趙南有韓與梁齊負海之國也地廣民衆兵强士勇雖有百秦將無奈齊何大王賢其説而不計其實夫從人朋黨比周莫不以從為可臣聞之齊與魯三戰而魯三勝國以危亡隨其後雖有戰勝之名而有亡國之實是何也齊大而魯小也今秦之與齊也猶齊之與魯也秦趙戰於河漳之上再戰而趙再勝秦戰於番吾之下再戰又勝秦四戰之後趙之亡卒

數十萬邯鄲僅存雖有戰勝之名而國已破矣是何也
秦强而趙弱今秦楚嫁女娶婦為昆弟之國韓獻宜陽
梁効河外趙入朝黽池割河間以事秦大王不事秦秦
驅韓梁攻齊之南地悉趙兵渡清河指博關臨菑即墨
非大王之有也國一日見攻雖欲事秦不可得也是故
願大王孰計之也齊王曰齊僻陋隱居東海之上未嘗
聞社稷之長利也乃許儀儀去西說趙王曰敝邑秦王
使使臣効愚計於大王大王收率天下以賓秦秦兵不

敢出函谷關十五年大王之威行於山東敝邑恐懼懾
伏繕甲厲兵飾車騎習馳射力田積粟守四封之内愁
居懾處不敢動揺唯大王有意督過之也今以大王之
力舉巴蜀幷漢中包兩周遷九鼎守白馬之津秦雖僻
遠然而心忿含怒之日久矣今秦有敝甲凋兵軍於黽
池願渡河踰漳據番吾會邯鄲之下願以甲子合戰以
正殷紂之事敬使使臣先聞左右凡大王之所信為從
者恃蘇秦蘇秦熒惑諸侯以是為非以非為是欲反齊

國而自令車裂於市夫天下之不可一亦明矣今楚與
秦為昆弟之國而韓梁稱為東藩之臣齊獻魚鹽之地
此斷趙之右臂也夫斷右臂而與人鬬失其黨而孤居
求欲毋危豈可得乎今秦發三將軍其一軍塞午道告
齊使興師渡清河軍於邯鄲之東一軍軍成皋敺韓梁
軍於河外一軍軍於黽池約四國為一以攻趙趙服必
四分其地是故不敢匿意隱情先以聞於左右臣竊為
大王計莫如與秦王遇於黽池面相見而口相結請案

兵無攻願大王之定計趙王曰先王之時奉陽君專權
擅勢蔽欺先王獨擅綰事寡人居屬師傅不與國謀計
先王棄羣臣寡人年幼奉祭祀之日新心竊疑焉以為
一從不事秦非國之長利也乃且願變心易慮割地謝
前過以事秦方將約車趨行適聞使者之明詔趙王許
儀儀乃去北之燕說燕昭王曰大王之所親莫如趙昔
趙襄子嘗以其姊為代王妻欲幷代約與代王遇於句
注之塞乃令工人作為金斗長其尾令可以擊人與代

王飲陰告厨人曰即酒酣樂進熱啜反斗以擊之於是
酒酣樂進熱啜厨人進斟因反斗以擊代王殺之王腦
塗地其姊聞之因摩笄以自刺故至今有摩笄之山代
王之亡天下莫不聞夫趙王之狼戾無親大王之所明
見且以趙王為可親乎趙興兵攻燕再圍燕都而劫大
王大王割十城以謝今趙王已入朝黽池効河間以事
秦今大王不事秦秦下甲雲中九原驅趙而攻燕則易
水長城非大王之有也且今時趙之於秦猶郡縣也不

敢妄舉師以攻伐今王事秦秦王必喜趙不敢妄動是西有強秦之援而南無齊趙之患是故願大王孰計之燕王曰寡人蠻夷僻處雖大男子裁如嬰兒言不足以采正計今上客幸教之請西面而事秦獻恒山之尾五城燕王聽儀儀歸報未至而秦惠王卒武王立武王自為太子時不說儀及即位羣臣多讒儀曰無信左右賣國以取容秦必復用之恐為天下笑諸侯聞儀有郤武王皆畔衡復合從秦武王元年羣臣日夜惡儀未已而

齊讓又至儀懼誅因謂武王曰儀有愚計願効之王曰
奈何對曰為秦社稷計者東方有大變然後王可以多
割得地也今聞齊王甚憎儀儀之所在必興師伐之故
儀願乞其不肖之身之梁齊必興師而伐梁梁齊之兵
連於城下而不能相去王以其間伐韓入三川出兵函
谷而毋伐以臨周祭器必出挾天子案圖籍此王業也
秦王以為然乃具革車三十乘入儀於梁齊果興師伐
之梁哀王恐儀曰王勿患也請令罷齊兵乃使其舍人

馮喜之楚借使之齊謂齊王曰王甚憎張儀雖然亦厚矣王之託儀於秦也齊王曰寡人憎儀儀之所在必興師伐之何以託儀對曰是乃王之託儀也夫儀之出也固與秦王約曰為王計者東方有大變然後可以多割得地今齊王甚憎儀儀之所在必興師伐之故儀願乞其不肖之身之梁齊必興師伐之齊梁之兵連於城下而不能相去王以其間伐韓入三川出兵函谷而無伐以臨周祭器必出挾天子按圖籍此王業也秦王以為

然故具革車三十乘而入之梁也今儀入梁王果伐之是王内罷國而外伐與國廣鄰敵以内自臨而信儀於秦王也此臣之所謂託儀也齊王曰善乃使解兵儀相魏一歲卒於魏

陳軫游說諸侯始與張儀俱事秦惠王皆貴重爭寵儀惡軫於秦王曰軫重幣輕使秦楚之間將為國交也今楚不加善於秦而善軫者軫自為厚而為王薄也且軫欲去秦之楚王胡不聽乎王謂軫曰吾聞子欲去秦之

楚有之乎軫曰然王曰儀之言果然矣軫曰非獨儀之言也行道之人皆知之昔者子胥忠其君天下皆欲以為臣孝已愛其親天下皆欲以為子故賣僕妾不出里巷而取者良僕妾也出婦嫁於鄉里者善婦也臣不忠於王楚何以軫為忠尚見棄軫不之楚而何之乎王以為然遂善待之居秦期年惠王終相儀而軫奔楚未之重也使之使秦過梁欲見犀首犀首謝弗見軫曰吾為事來公不見軫軫將行不得待異日犀首見之軫曰公

何好飲也犀首曰無事也曰吾請令公饜事可乎曰奈何曰田需約諸侯從親楚王疑之未信也公謂梁王曰臣與燕趙之王有故數使人來曰無事何不相見願謁行於王王雖許公公請毋多車以車三十乘可陳之於庭明言之燕趙燕趙客聞之馳車告其王使人迎犀首楚王聞之大怒曰田需與寡人約而犀首之燕趙是欺我也怒而不聽其事齊聞犀首之北使人以事委焉犀首遂行三國相事皆斷於犀首軫遂至秦韓魏相攻朞

年不解秦惠王欲救之問於左右左右或曰救之便或
曰勿救便惠王未能決軫適至惠王曰子去寡人之楚
亦思寡人否軫對曰王聞夫越人莊舄乎王曰不聞曰
越人莊舄事楚執珪有頃而病楚王曰舄故越之鄙細
人也今事楚執珪富貴矣亦思越不或對曰凡人之思
故在其病也彼思越聲不思越則楚聲使人往聽之猶
尚越聲也今臣雖棄逐之楚豈能無秦聲哉惠王曰善
今韓魏相攻朞年不解或謂寡人救之便或曰勿救便

寡人不能決願子為子主計之餘為寡人計之軫對曰
亦嘗有以夫卞莊子刺虎聞於王者乎卞莊子欲刺虎
館豎子止之曰兩虎方且食牛食甘必爭爭則必鬬鬬
則大者傷小者死從傷而刺之一舉必有雙虎之名卞
莊子以為然立須之有頃兩虎果鬬大者傷小者死莊
子從傷者而刺之一舉果有雙虎之功今韓魏相攻朞
年不解是必大國傷小國亡從傷而伐之一舉必有兩
實此猶卞莊子刺虎之類也臣主與王何異也惠王曰

善卒弗救大國果傷小國亡秦興兵而伐大克之秦伐魏陳軫合三晉而東謂齊王曰古之王者之伐也欲以正天下而立功名以為後世也今齊楚燕趙韓梁六國之遞甚也不足以立功名適足以強秦而自弱也非山東之上計也能危山東者強秦也不憂強秦而遞相罷弱而兩歸其國於秦此臣之所以為山東之患天下為秦相割秦曽不出刀天下為秦相烹秦曽不出薪何秦之智而山東之愚邪願大王之察也古之五帝三王五

伯之伐也伐不道今秦之伐天下不然必欲反之主必死辱民必死虜今韓梁之目未嘗乾而齊民獨不也非齊親而韓梁疏也齊遠秦而韓梁近今齊將近矣今秦欲攻梁絳安邑秦得絳安邑以東下河必表裏河而東攻齊舉齊屬之海南面而孤楚韓梁北向而孤燕趙齊無所出其計矣願王熟慮之今三晉已合矣復為兄弟約而出銳師以戍梁絳安邑此萬世之計也齊非急以銳師合三晉必有後憂三晉合秦必不敢攻梁必南攻

楚楚秦構難三晉怒齊不與已也必東攻齊此臣之所謂齊必有大憂不如急以兵合於三晉齊王敬諾果以兵合於三晉

犀首者魏之陰晉人也名衍姓公孫氏蘇秦之為六國合從以擯秦也秦惠王以衍為大良造說齊魏使背約攻趙而蘇秦從約遂解衍與張儀不善張儀相秦衍東游諸侯至魏魏田需亦惡之衍謂魏王曰臣盡力竭知欲以為王廣土而取尊名而田需從中敗之是臣終無

成功也需亡臣將待需留臣請亡王曰需寡人股掌之臣也為子之不便也殺之亡之外毋謂天下何内毋若羣臣何今吾為子外之令無敢入子之事入子之事者吾為子殺之亡之衍許諾東見田嬰與之約結歸謂魏王曰魏之所患者齊也田嬰言行於齊王王欲得齊何不召文子而相之聽之乃使文子相魏而身相於韓田需滋不悦蘇代為田需説魏王曰臣請問文之為魏孰與為齊王曰不如衍之為魏孰與為韓王亦曰不如蘇

代曰文將右齊而左魏衍將右韓而左魏王且無所聞之矣王不如舍需於側以稽二人者之所為二人畏需之斥其非必不敢有外心王曰善果厝需於側張儀為秦之魏魏王相張儀犀首弗利故令人謂韓公叔曰張儀已合秦魏矣其言曰魏攻南陽秦攻三川魏王所以貴張子者欲得韓地也且韓之南陽已舉矣子何不少委焉以為衍功則秦魏之交可錯矣然則魏必圖秦而棄儀收韓而相衍公叔以為便因委之犀首以為功果

相魏張儀去義渠君朝於魏犀首聞張儀復相秦害之犀首乃謂義渠君曰道遠不得復過請謁事情日中國無事秦得燒掇楚杅君之國有事秦將輕使重幣事君之國其後五國伐秦會陳軫謂秦王曰義渠君者蠻夷之賢君也不如賂之以撫其志秦王曰善乃以文繡千純婦女百人遺義渠君義渠君致羣臣而謀曰此公孫衍所謂邪乃起兵襲秦秦大敗秦人李伯之下秦惠王卒張儀去秦入魏衍乃歸秦秦王愛之與之言事因許

之曰寡人且相子甘茂之吏過而聞之以告甘茂茂入
見王曰王得賢相敢再拜賀王曰寡人委國於子焉自
得賢相對曰王且相犀首王曰子焉聞之對曰犀首告
臣王怒犀首之泄也逐之復之魏
蘇子曰戰國之為從横者皆傾危反覆之士也然而汙
賤無恥莫如張儀而其成功莫如儀之多儀之未信於
楚也辭而之晉謂懷王曰王無求於晉國乎王曰黄金
珠璣犀象楚産也吾何求於晉儀曰王獨不好色耳周

而擊之則絶為三質之石上而擊之則碎為百今以三萬之衆而應強國之兵是薄柱擊石之類也且夫劒之為用無脊之厚則鋒不入無脾之薄則刃不斷無鈎罕鐔蒙須之便操其刃而刺則未入而手斷今君無十萬二十萬之衆以為鈎罕鐔蒙須之便焉能以三萬行於天下乎古者四海萬國城大不過三百丈人雖多無過三千家則以三萬距之足矣今取古萬國分為戰國七兵能具數十萬食能支數歲千丈之城萬家之邑相望

古史卷四十一

古史卷四十二

宋　蘇轍　撰

樗里子甘茂列傳第十九

樗里子名疾秦惠王之弟也與惠王異母母韓女也滑稽多智秦人號曰智囊惠王八年爵之右更使將而伐曲沃盡出其人取其城地入秦二十五年復為將伐趙虜趙將軍莊豹扶藺明年助魏章攻楚敗楚將屈匄取漢中地秦封之號為嚴君張儀惡之重而使之楚因令

楚王為之請相於秦儀因謂惠王曰重樗里疾而使之者將以為國交也今身在楚楚王為之請相於秦臣聞其言曰王欲窮張儀於秦乎臣請助王楚王以為然故為請相也今王聽之彼必以國事楚矣惠王大怒疾出走惠王卒武王立逐張儀魏章而以疾甘茂為左右丞相秦使甘茂攻韓抜宜陽使疾以車百乘入周周以卒迎之意甚敬楚王怒讓周以其重秦客游騰為周說楚王曰智伯之伐仇猶遺之廣車因隨之以兵仇猶遂亡

何則無備故也齊桓公伐蔡號曰誅楚其實襲蔡今秦虎狼之國使樗里子以車百乘入周周以仇猶蔡觀焉故使長戟居前強弩在後名曰衛疾而實囚之且夫周豈能無憂其社稷哉恐一旦亡國以憂大王楚王乃悅武王卒昭王立疾益重昭王元年使將伐蒲蒲守恐胡衍為蒲謂疾曰公之攻蒲為秦乎為魏乎為魏則善矣為秦則不為賴矣夫衛之所以為衛者以蒲也今伐蒲入於魏衛必折而從之魏亡西河之外而無以取者兵

弱也今并衛於魏魏必強魏強之日西河之外必危秦
王觀公之事害秦而利魏王必罪公疾曰奈何胡衍曰
公釋蒲勿攻臣試為公入言之以德衛君疾曰善胡衍
入蒲謂其守曰樗里子知蒲之病矣其言曰必拔蒲衍
能令釋蒲勿攻蒲守恐因再拜曰願以請因効金三百
斤曰秦兵苟退請必言子於衛君使子為南面於是疾
解蒲而去還擊皮氏或為魏謂楚王曰秦楚勝魏魏王
恐亡必合於秦王何不背秦而與魏魏王喜必內太子

秦恐失楚必効地於王王雖復與之攻魏可也楚王曰善乃背秦而與魏魏内太子於楚秦恐許楚地欲與之復攻魏疾怒欲與魏攻楚恐魏之以太子在楚不肯也使人謂楚王曰外臣疾使臣謁之曰敝邑之王欲効城池而爲魏太子之在楚也是以不敢王出魏質臣請効之而復固秦楚之交以疾攻魏楚王曰諾乃出魏太子秦因合魏以攻楚昭王七年疾卒葬於渭南章臺之東曰後百歲是當有天子之宫夾我墓疾室在昭王廟西

渭南陰鄉樗里故俗謂之樗里子漢興長樂宫在其東未央宫在其西武庫正直其墓秦人諺曰力則任鄙智則樗里

甘茂者下蔡人也下蔡史舉先生學百家之説因張儀樗里子而求見秦惠王王見而説之使將而佐魏章略定漢中地張儀欲以漢中與楚謂秦王曰種樹非其處者人必害之家有不宜之財則傷漢中南邉楚此國之累也茂曰地大者固多憂乎天下有變王割漢中以為

和楚必畔天下而與王王令以漢中與楚即天下有變王何以市楚王乃止惠王卒武王立張儀魏章去東之魏蜀侯煇相莊反秦本紀武王元年誅蜀相莊昭王六年蜀侯煇反今此言煇反莊反恐誤然而未知孰信也秦使茂定蜀還以茂為左丞相以樗里子為右丞相武王三年謂茂曰寡人欲容車通三川以窺周室而寡人死不朽矣茂曰請之魏約以伐韓而令向壽輔行茂至謂向壽曰子歸言之於王曰魏聽臣矣然願王勿伐事成盡以為子功向壽歸以告王王迎茂於息

壤茂至王問其故對曰宜陽大縣也上黨南陽積之久
矣名曰縣其實郡也今王倍數險行千里攻之難昔曾
參之處費魯人有與曾參同姓名者殺人人告其母曰
曾參殺人其母織自若也頃之一人又告之曰曾參殺
人其母尚織自若也頃又一人告之曰曾參殺人其母
投杼下機踰墻而走夫以曾參之賢與其母信之也三
人疑之其母懼焉今臣之賢不若曾參王之信臣又不
如曾參之母信曾參也疑臣者非特三人臣恐大王之

投杅也始張儀西并巴蜀之地北開西河之外南取上庸天下不以多張子而以賢先王魏文侯令樂羊將而攻中山三年而拔之樂羊返而論功文侯示之謗書一篋樂羊再拜稽首曰此非臣之功也主君之力也今臣羇旅之臣也樗里子公孫奭二人者挾韓而議之王必聽之是王欺魏王而臣受公仲侈之怨也王曰寡人不聽也請與子盟卒使茂將兵伐宜陽五月而不拔樗里子公孫奭果爭之武王召茂欲罷兵茂曰息壤在彼王

曰有之因大悉起兵使茂擊之斬首六萬遂拔宜陽宜陽之未拔也茂三鼓而卒不上茂謂其尉曰我羇旅而得相秦者我以宜陽餌王也今攻宜陽而不拔公孫衍樗里疾挫我於内而公仲以韓窮我於外明日鼓之而不可下因以宜陽之郭為吾墓矣於是益私金以為公賞明日鼓之而宜陽拔韓襄王使公仲侈入謝與秦平武王竟至周而卒其弟立為昭王王母宣太后楚女也楚懷王怨前秦敗楚於丹陽而韓不救乃以兵圍韓雍

氏韓使公仲侈告急於秦秦昭王新立太后楚人不肯救公仲因茂茂為言於昭王曰公仲方有得秦救故敢扞楚也今雍氏圍秦師不下殽公仲且仰首而不朝公叔且以國南合於楚楚韓為一魏氏不敢不聽然則伐秦之形成矣不識坐而待伐孰與伐人之利秦王曰善乃下師於殽以救韓楚兵去秦使向壽平宜陽而使樗里子及茂伐魏皮氏向壽者宣太后外族也而與昭王少相長故任用向壽如楚楚聞秦之貴向壽而厚事向

壽向壽爲秦守宜陽將以伐韓韓公仲使蘇代謂向壽曰禽困覆車公破韓辱公仲公仲收國復事秦自以爲必可以封今公與楚解口地封小令尹以杜陽秦楚合復攻韓韓必亡韓亡公仲且躬率其私徒以閼於秦願公熟慮之也向壽曰吾合秦楚非以當韓也子爲壽謁之公仲曰秦韓之交可合也蘇代對曰願有謁於公人曰貴其所以貴者貴王之愛習公也不如公孫奭其智能公也不如甘茂今二人者皆不得親於秦事而公獨

與王主斷於國者何必彼有以失之也公孫奭黨於韓
而甘茂黨於魏故王不信也今秦楚爭強而公黨於楚
是與公孫奭甘茂同道也公何以異之人皆言楚之善
變也而公必之是自為責也公不如與王謀其變也善
韓以備楚如此則無患矣韓氏必先以國從公孫奭而
後委國於甘茂也韓公之雔也今公言善韓以備楚是
外舉不辟雔也向壽曰然吾甚欲韓合對曰甘茂許公
仲以武遂反宜陽之民今公徒收之甚難向壽曰然則

奈何武遂終不可得也對曰公奚不以秦為韓求潁川於楚此韓之寄地也公求而得之是令行於楚而以其地德韓也公求而不得是韓楚之怨不解而交走秦也秦楚爭強而公徐過楚以收韓此利於秦向壽曰奈何對曰此善事也甘茂欲以魏取齊公孫奭欲以韓取齊今公取宜陽以為功收楚韓以安之而誅齊魏之罪是公孫奭甘茂無事也茂竟言昭王以武遂復歸之韓向壽公孫奭爭之不能得向壽公孫奭由此怨讒茂茂懼

轂代魏蒲阪亡去樗里子與魏講罷兵茂之亡秦奔齊逢蘇代代為齊使於秦茂曰臣得罪於秦懼而遯逃無所容跡臣聞貧人女與富人女會績貧人女曰我無以買燭而子之燭光幸有餘子可分我餘光無損子明而得一斯便焉今臣困而君方使秦而當路矣茂之妻子在焉願君以餘光振之蘇代許諾遂致使於秦已因說秦王曰甘茂非常士也其居於秦累世重矣自殽塞及至鬼谷其地形險易皆明知之彼以齊約韓魏反以圖

秦非秦之利也秦王曰然則奈何蘓代曰王不若重其
贄厚其禄以迎之使彼来則置之鬼谷終身勿出秦王
曰善即賜之上卿以相印迎之於齊茂不往蘓代謂齊
湣王曰夫甘茂賢人也今秦賜之上卿以相印迎之茂
德王之賜好為王臣故辭而不往今王何以禮之齊王
曰善即以上卿處之秦因復茂家以市於齊齊使茂於
楚楚懷王新與秦合婚而驩秦聞茂在楚使人謂楚王
曰願送甘茂於秦楚王問於范蜎曰寡人欲置相於秦

孰可對曰臣不足以識之楚王曰寡人欲相甘茂可乎
對曰不可夫史舉下蔡之監門也大不為事君小不為
家室以苟賤不廉聞於世甘茂事之順焉故惠王之明
武王之察張儀之辯而甘茂事之取十官而無罪茂誠
賢者也然不可相於秦夫秦之有賢相非楚國之利也
且王前嘗用召滑於越而内行章義之難越國亂故楚
南塞厲門而郡江東計王之功所以能如此者越國亂
而楚治也今王知用諸越而忘用諸秦臣以王為鉅過

矣然則王若欲置相於秦則莫若向壽者可夫向壽之於秦王親也少與之同衣長與之同車以聽事王必相向壽於秦則楚國之利也於是使使請秦相向壽秦卒相向壽而茂竟不得復入秦卒於魏茂有孫曰羅羅年十二事秦相文信侯呂不韋秦始皇帝使剛成君蔡澤於燕三年而燕王喜使太子丹入質於秦秦使張唐往相燕欲與燕共伐趙以廣河間之地張唐謂不韋曰臣嘗為秦昭王伐趙趙怨臣曰得唐者與百里之地今之

燕必經趙臣不可以行不韋不快未有以強也羅曰君侯何不快之甚也不韋曰吾令蔡澤事燕三年燕太子丹已入質矣吾自請張卿相燕而不肯行羅曰臣請行之不韋叱曰去我身自請之而不肯汝焉能行之羅曰夫項橐生七年為孔子師今臣生十二歲於兹矣君其試臣何遽叱乎於是羅見張卿曰卿之功孰與武安君卿曰武安君南挫強楚北威燕趙戰勝攻取破城墮邑不知其數臣之功不如也羅曰應侯之用於秦也孰與

文信侯專張卿曰應侯不如文信侯專羅曰卿明知其不如文信侯專與曰知之羅曰應侯欲攻趙武安君難之去咸陽七里而立死於杜郵今文信侯自請卿相燕而不肯行臣不知卿所死處矣唐曰請因孺子行令裝治行行有日羅又謂不韋曰借臣車五乘請為張唐先報趙不韋乃入言之於始皇曰昔甘茂之孫甘羅年少耳然名家之子孫諸侯皆聞之今者張唐欲稱疾不肯行羅説而行之今願先報趙請許遣之始皇召見使羅

於趙趙襄王郊迎羅說趙王曰王聞燕太子丹入質秦歟曰聞之曰聞張唐相燕歟曰聞之燕太子丹入秦者燕不欺秦也張唐相燕者秦不欺燕也燕秦不相欺者伐趙危矣燕秦不相欺無異故欲攻趙而廣河間王不如齎臣五城以廣河間請歸燕太子與強趙攻弱燕趙王立自割五城以廣河間秦歸燕太子趙攻燕得上谷三十城令秦有十一羅還報秦乃封羅以為上卿復以茂田宅賜之

蘓子曰蘓秦為諸侯弱秦而張儀為秦弱諸侯其說猶可言也如樗里疾公孫奭黨於韓甘茂黨於魏向壽黨於楚皆借秦之强以揺動諸侯而成其私民生其間其受害可勝言乎今世雖無戰國相傾之勢然士居其間其以喜怒成敗天下事者多矣人主誠得其情其罪可勝誅乎

古史卷四十二

欽定四庫全書

古史卷四十三

宋　蘇轍　撰

穰侯列傳第二十

穰侯魏冄者秦昭王母宣太后弟也其先楚人秦武王卒無子立其弟為昭王武王母號惠文后先武王死昭王母故號羋八子及昭王即位號為宣太后宣太后二弟其異父長弟魏冄同父弟曰羋戎為華陽君而昭王同母弟曰高陵君涇陽君而冄最賢自惠王時任職用

事武王卒諸弟爭立唯冉力為能立昭王昭王即位以
冉為將軍衛咸陽誅季君之亂而逐武王后出之魏昭
王諸兄弟不善者皆滅之威振秦國昭王少宣太后自
治任冉為政昭王七年樗里子死而使涇陽君質於齊
趙人樓緩來相秦趙不利乃使仇液之秦請以冉為秦
相仇液將行其客宋公謂液曰秦不聽公樓緩必怨公
公不若謂樓緩曰請為公毋急秦秦王見趙請相魏冉
之不急且不聽公公言而事不成以德樓子事成魏冉

固德公矣於是仇液從之而秦果免樓緩而冉相秦欲誅呂禮禮出奔齊昭王十四年冉舉白起使代向壽將而攻韓魏敗之伊闕斬首二十四萬虜魏將公孫喜明年又取楚之宛葉冉謝病免相以客卿壽燭為相其明年燭免復相冉乃封冉於穰復益封陶號曰穰侯封四歲為秦將攻魏魏獻河東方四百里拔魏之河内取城大小六十餘昭王十九年秦稱西帝齊稱東帝月餘呂禮来而齊秦各復歸帝為王冉復相秦六歲而免免二

歲復相秦四歲而使白起拔楚之郢置南郡乃封起為
武安君起冉之所任舉也相善於是穰侯之富富於王
室三十二年冉為相國將兵攻魏走芒夘入北宅遂圍
大梁梁大夫須賈説冉曰臣聞魏之長吏謂魏王曰昔
梁惠王伐趙戰勝三梁拔邯鄲趙氏不割而邯鄲復歸
齊人攻衛拔故國殺子良衛人不割而故地復反衛趙
之所以國全兵勁而地不并於諸侯者以其能忍難而
重出地也宋中山數伐割地而國隨以亡臣以為衛趙

可法而宋中山可為戒也秦貪戾之國也而毋親蠶食
魏氏又盡晉國戰勝暴子割八縣地未畢入兵復出矣
夫秦何厭之有哉今又走芒卯入北宅此非敢攻梁也
且刦王以求多割地王必勿聽也今王背楚趙而講秦
楚趙怒而去王與王爭事秦秦必受之秦挾楚趙之兵
以復攻梁則國求無亡不可得也願王之必無講也王
若欲講少割而有質不然必見欺此臣之所聞於魏也
願君之以是慮事也周書曰惟命不于常此言幸之不

可轂也夫戰勝暴子割八縣此非兵力之精也又非計之工也天幸為多矣今又走芒卯入北宅以攻大梁是以天幸自為常也智者不然臣聞魏氏悉其百縣勝甲以上戍大梁臣以為不下三十萬以三十萬之衆守梁七仞之城臣以為湯武復生不易攻也夫輕背楚趙之兵陵七仞之城戰三十萬之衆而志必舉之臣以為自天地始分以至於今未嘗有者也攻而不拔秦兵必罷陶邑必亡則前功必棄矣今魏氏方疑可以少割收也

願君逮楚趙之兵未至於梁亟以少割收魏魏方疑而得以少割為利必欲之則君得所欲矣楚趙怒於魏之先已也必爭事秦從以此散而君後擇焉且君之得地豈必以兵哉割晉國秦兵不攻而魏必效絳安邑又為陶闢兩道幾盡故宋衛必效單父秦兵可全而君制之何索而不得何為而不成願君熟慮之而無行危冉曰善乃罷梁圍明年魏背秦與齊從親秦使冉伐魏斬首四萬走魏將暴鳶得魏三縣冉益封客卿竈謂冉曰一竈

本作造秦封君以陶藉君天下數年矣攻齊之事成陶為萬乘長小國率以朝天子天下必聽五伯之事也攻齊不成陶為鄰恤而莫之據也故攻齊之於陶也存亡之機也君欲成之何不使人謂燕相國曰聖人不能為時時至而弗失舜雖賢不遇堯也不得為天子湯武雖賢不當桀紂不王故以舜湯武之賢不遭時不得帝王令攻齊此君之大時也已因天下之力伐讎國之齊報惠王之恥成昭王之功除萬世之害此燕之長利而君之

大名也詩云樹德莫如滋除害莫如盡吴不亡越越故亾吴齊不亡燕燕故亾齊齊亡於燕吴亾於越此除疾不盡也非以此時成君之功除君之害秦卒有他事而從齊齊趙合其讎君必深矣挾君之讎以誅於燕後雖悔之不可得也已君悉燕兵而疾僭之天下之從君也若報父子之仇誠能亡齊封君於河南為萬乘達途於中國南與陶為隣世世無患願君之専志於攻齊而無他慮也明年冉與白起客卿胡陽復攻趙韓魏破芒卯

於華陽下斬首十萬取䰟之卷蔡陽長社趙氏觀津且與趙觀津益趙以兵伐齊齊襄王懼使蘇代為齊陰遺冉書曰臣聞往来者言曰秦將益趙甲四萬以伐齊臣竊必之弊邑之王曰秦王明而熟於計穰侯智而習於事必不益趙甲四萬以伐齊是何也夫三晉之相與也秦之深讎也百相背也百相欺也不為不信不為無行今破齊以肥趙趙秦之深讎不利於秦此一也秦之謀者必曰破齊弊晉楚而後制晉楚之勝夫齊罷國也以

天下攻齊如以千鈞之弩決潰癰也必死安能弊晉楚此二也秦少出兵則晉楚不信也多出兵則晉楚為制於秦齊恐不走秦必走晉楚此三也秦割齊以啖晉楚晉楚案之以兵秦反受敵此四也是晉楚以秦謀齊以齊謀秦也何晉楚之智而秦齊之愚此五也故得安邑以善事之亦必無患矣秦有安邑韓氏必無上黨矣取天下之腸胃與出兵而懼其不反也孰利臣故曰秦王明而熟於計穰侯智而習於事必不益趙甲四萬以伐

齊矣冉於是引兵而歸三十六年冉言客卿竈欲伐齊取剛壽以廣其陶邑於是魏人范雎自謂張禄先生譏冉之伐齊乃越三晉以攻齊也以此奸説昭王昭王納之雎因言宣太后專制穰侯擅權於諸侯涇陽君高陵君之屬汰侈富於王室於是昭王悟乃免冉相令涇陽之屬皆出關就封邑冉出關輜車千乘有餘已而卒於陶因葬焉秦復收陶為郡

穮子曰秦誅商君逐穰侯君臣皆失之矣彼二子者知

得而不知喪雖智能伯秦而不能免其身蓋無足言者
而惠王以怨誅鞅至誣以畔逆昭王以偪遷冉至出老
母逐弱弟而不顧甚矣其少恩也彼公子虔方欲報怨
固不暇為國慮矣而范睢將毀人以自成而至於是可
畏也哉

古史卷四十三

欽定四庫全書

古史卷四十四

宋　蘇轍　撰

白起王翦列傳第二十一

白起者郿人也善用兵事秦昭王昭王十三年起為左庶長將而擊韓之新城是歲穰侯相秦舉任鄙以為漢中守其明年起為左更攻韓魏於伊闕斬首二十四萬又虜其將公孫喜拔五城起遷為國尉涉河取韓安邑以東到乾河明年起為大良造攻魏取城大小六十一

明年起與客卿錯攻垣城拔之後五年起攻趙拔光狼城後七年起攻楚拔鄢鄧五城其明年攻楚拔郢燒夷陵遂東至竟陵楚王亾去郢東徙陳秦以郢為南郡起遷為武安君復取楚巫黔中郡三十四年起攻魏拔華陽走芒卯而虜三晉將斬首十三萬與趙將賈偃戰沉其卒二萬人於河中四十三年起攻韓陘城拔五城斬首五萬四十四年起攻南陽太行道絶之四十五年伐韓之野王野王降秦上黨道絶其守馮亭與民謀曰鄭

道已絶韓必不得為民秦兵日進韓不能應不如以上黨歸趙趙若受我秦怒必攻趙趙被兵必親韓韓趙為一則可以當秦因使人報趙趙孝成王與平陽君平原君計之平陽君曰不如勿受受之禍大於所得平原君曰無故得一郡受之便趙受之因封馮亭為華陽君四十六年秦攻韓緱氏藺拔之四十七年秦使左庶長王齕攻韓取上黨上黨民走趙趙軍長平以按據上黨民四月齕因攻趙趙使廉頗將趙軍士卒犯秦斥兵秦斥

兵斬趙裨將茄六月陷趙軍取二障四尉七月趙軍築壘壁而守之秦又攻其壘取二尉敗其陣奪西壘壁廉頗堅壁以待秦秦數挑戰趙兵不出趙王數以為讓而秦又使人行千金於趙為反間曰秦之所惡獨畏馬服子趙括將耳廉頗易與且降矣趙王既怒廉頗軍數敗又反堅壁不敢戰而又聞秦反間之言因使趙括代廉頗將以擊秦秦聞馬服子將乃陰使起為上將軍而王齕為尉裨將令軍中有敢泄武安君將者斬趙括至則

出兵擊秦軍秦軍佯敗而走張二奇兵以刼之趙軍逐
勝追造秦壁壁堅拒不得入而秦奇兵二萬五千人絶
趙軍後又一軍五千騎絶趙壁間趙軍分而為二糧道
絶而秦出輕兵擊之趙戰不利因築壁堅守以待救至
秦王聞趙食道絶自之河内賜民爵各一級發年十五
以上悉詣長平遮絶趙救及糧食至九月趙卒不得食
四十六日皆内陰相殺食來攻秦壘欲出為四隊四五
復之不能出趙括出鋭卒自搏戰秦軍射殺括括軍敗

卒四十萬人降起計曰前秦已拔上黨上黨民不樂為
秦而歸趙趙卒反覆非盡殺之恐為亂乃挾詐而盡坑
殺之遺其小者二百四十人歸趙前後斬首虜四十五
萬人趙人大震四十八年十月秦復定上黨郡秦分軍
為二王齕攻皮牢拔之司馬梗定太原韓趙恐使蘇代
厚幣說秦相范雎曰武安君擒馬服子乎曰然又曰即圍
邯鄲乎曰然趙亡則秦王王矣武安君為三公武安君
所為秦戰勝攻取者七十餘城南定鄢郢漢中北擒趙

括之軍雖周呂望之功不益於此矣今趙亾秦王王則武安君必為三公君能為之下乎雖無欲為之下固不得已矣秦嘗攻韓圍邢丘困上黨上黨之民皆反為趙天下不樂為秦民之日久矣今亡趙北地入燕東地入齊南地入韓魏則君之所得民亾幾何人故不如因而割之無以為武安君功也於是睢言於秦王曰秦兵勞請許韓趙之割地以和且休士卒王聽之割韓垣雍趙六城以和正月皆罷兵起由是與應侯有隙昭王既

息民繕兵復欲伐趙起曰不可王曰前年國虚民飢君不量百姓之力求益軍糧以滅趙今寡人息民以養士蓄積糧食三軍之俸有倍於前而曰不可其説何也起曰長平之事秦軍大尅趙軍大破秦人歡喜趙人畏懼秦民之死者厚葬傷者厚養勞者相饗飲食餔餽以靡其財趙人之死者不得收傷者不得療涕泣相哀勠力同憂耕田疾作以生其財今王發軍雖倍其前臣料趙國守備亦以十倍矣趙自長平以来君臣憂懼早朝晏退

卑辭重幣四面出嫁結親燕魏連好齊楚積慮并心備秦為務其國内實其交外成當今之時趙未可伐也王曰寡人既以興師矣九月乃使五大夫王陵將而伐趙是時起亦以病不任行四十九年正月陵攻邯鄲少利秦益發兵佐陵陵兵亡五校起病愈昭王欲使代陵將起曰邯鄲實未易攻也且諸侯救日至彼諸侯怨秦之日久矣今秦雖破長平軍而秦卒死者過半國内空遠絶河山而爭人國都趙應其内諸侯攻其外破秦軍必

矣固稱疾不行王乃使范雎往見責之曰楚地方五千里持戟百萬君前率數萬之衆入楚拔鄢郢焚其廟東至竟陵楚人震恐東徙而不敢西向韓魏相率興兵甚衆君所將不能半之戰於伊闕大破二國之軍流血漂鹵斬首二十四萬韓魏以故至今稱東藩此君之功天下莫不聞今趙卒之死於長平者已十七八其國虛弱秦今大發軍人數倍於趙國之衆願使君將必欲滅之矣君嘗以寡擊衆取勝如神況以強擊弱以衆擊寡乎

起曰昔楚王恃其國大不恤其政而羣臣相妬以功諂諛用事良臣斥踈百姓心離城池不修既無良臣又無守備故起得引兵深入多倍城邑發梁焚舟以専民心掠於郊野以足軍食當此之時秦之士卒以軍中為家將帥為父母不約而親不謀而信一心同力死不旋踵楚人自戰其地咸顧其家各有散心莫有鬬志是以能有功也伊闕之戰韓孤顧魏不欲先用其衆魏恃韓之鋭欲推以為鋒二軍爭便之力不同是以臣得設疑兵

以待韓陣專軍并鋭觸魏之不意魏軍既敗韓軍自潰乘勝逐北以是之故故能立功皆計利形勢自然之理何神之有哉今秦破趙軍於長平不遂以時乘其振懼而滅之畏而釋之使得耕稼以益畜積養孤長幼以益其衆繕治兵甲以益其強增城浚地以益其固主折節以下其臣臣推體以下死士至於平原君之屬皆令妻妾補縫於行伍之間臣人一心上下同力猶句踐困於會稽之時也以今伐之趙必固守挑其軍戰必不肯出

圍其國都必不可尅攻其列城必未可拔掠其郊野必無所得兵出無功諸侯生心外救必至臣覩其害未見其利又病未能行應侯慙而退以言於王王曰微白起吾不能滅趙乎復益發軍更使王齕代王陵伐趙圍邯鄲八九月死傷者衆而弗下趙王出輕鋭以寇其後秦數不利起曰不聽臣計今果如何王聞之怒見起強起之曰君雖病強為寡人卧而將之有功無功寡人之願將加重於君如君不行寡人恨君起頓首曰臣之行雖

無功得免於罪不行雖無罪不免於誅然惟願大王覽臣愚計釋趙養民以觀諸侯之變撫其恐懼伐其憍慢誅滅無道以令諸侯天下可定何必以趙為先乎此所謂為一臣屈而勝天下也大王若不察臣愚計必欲快心於趙以致臣罪此亦所謂勝一臣而為天下屈者也臣聞明主愛其國忠臣愛其名破國不可復完死卒不可復生臣寧伏受重誅而死不忍為辱軍之將願大王察之王不荅而去於是免起為士伍遷之陰密起病未

能行居三月諸侯攻秦軍急秦軍數却使者日至秦王乃使人遣起不得留咸陽中起既行出咸陽西門十里至杜郵昭王與范雎羣臣議曰白起之遷其意尚怏怏不服有餘言乃使使者賜之劒自裁起引劒將自剄曰我何罪于天而至此哉良久曰我固當死長平之戰趙卒降者數十萬人我詐而盡坑之是足以死遂自殺起之死也以昭王五十年十一月死而非其罪秦人憐之鄉邑皆祭祀焉

蘇子曰予讀太史公白起傳秦之再攻邯鄲也起與范雎有怨稱病不行以亡其軀慨然歎曰起以武夫無所屈信而困於游談之士使起勉強一行兵未必敗而免於死矣及覽戰國策觀起自陳成敗之蹟乃知邯鄲法不可再攻而起非特以怨不行葢為之流涕也趙充國征西羌守便宜不肯奉詔出兵辛武賢雖兵出有功充國竟為漢宣明其非是武賢怨之至骨雖不能害充國而卒陷其子卬嗚呼循道而不阿自古而難之歟

王翦者頻陽東鄉人也少而好兵事秦始皇十一年翦將攻趙閼與破之拔九城十八年翦將攻趙歲餘遂拔趙趙王降盡定趙地為郡明年燕使荆軻為賊於秦秦王使翦攻燕燕王喜走遼東翦遂定燕薊而還秦使翦子賁擊荆荆兵敗還擊魏魏王降遂定魏地始皇既滅三晉走燕王而數破荆師秦將李信者年少壯勇嘗以兵數千逐燕太子丹至於衍水中卒破得丹始皇以為賢勇於是始皇問信吾欲攻取荆於將軍度用幾何人

而足信曰不過用二十萬人始皇問王翦翦曰非六十萬人不可始皇曰王將軍老矣何怯也李將軍果勢壯勇其言是也遂使信及蒙恬將二十萬南伐荆翦言不用因謝病歸老於頻陽信攻平輿蒙恬攻寢大破荆軍信又攻鄢郢破之於是引兵而西與蒙恬會城父荆人因隨之三日三夜不頓舍大破信軍入兩壁殺七都尉秦軍走始皇聞之大怒自馳如頻陽見謝翦曰寡人以不用將軍李信果辱秦軍今聞荆軍日進而西將軍雖

病獨忍弃寡人乎翦謝曰老臣罷病悖亂惟大王更擇
賢將始皇謝曰已矣將軍勿復言翦曰大王必不得已
用臣非六十萬人不可始皇曰為聽將軍計耳於是翦
將兵六十萬人始皇自送至灞上翦行請美田宅園池
甚衆始皇曰將軍行矣何憂貧乎翦曰為大王將有功
終不得封侯故及大王之嚮臣臣亦及時以請園池為
子孫業耳始皇大笑翦既至關使使還請善田者五輩
或曰將軍之乞貸亦已甚矣翦曰不然夫秦王怚而不

信人今空秦國甲士而專委於我我不多請田宅為子
孫業以自堅顧令秦王坐而疑我矣荆聞翦益軍而来
乃悉國中兵以拒秦翦至堅壁而守之不肯戰荆兵數
出挑戰終不出翦日休士洗沐而善飲食撫循之親與
士卒同食久之使人問軍中戲乎對曰方投石超距於
是翦曰士卒可用矣荆數挑戰而秦不出乃引而東翦
因舉兵追之令壯士擊大破荆軍至蘄南殺其將軍項
燕荆兵遂敗走秦因乘勝略定荆地城邑歲餘虜荆王

負芻竟平荆地為郡縣因南征百越之君而翦子賁與
李信破定燕齊地始皇二十六年盡并天下王氏蒙氏
功為多名施於後世二世之時翦及其子賁皆已死而
又滅蒙氏陳勝之反秦秦使翦孫離擊趙圍趙王及張
耳鉅鹿城或曰王離秦之名將也今將強秦之兵攻新
造之趙舉之必矣客曰不然夫為將三世者必敗必敗
者何也以其所殺伐多矣其後受其不祥今王離已三
世將矣居無何項羽救趙擊秦軍果虜離離軍遂降諸

侯行

蘇子曰王翦與始皇議滅楚非六十萬不行予始疑其過及觀田單與趙奢論兵乃知老將之言不妄也趙以齊田單為相單語趙奢曰吾非不説將軍之兵法所不服者將軍之用衆也帝王之兵不過三萬而天下服矣今將軍必負十萬二十萬而後用之使民不得耕作糧食輓饋不可給也奢曰君非徒不達兵又不明時勢矣夫吴干之劒肉試則斷牛馬金試則截盤匜薄之柱上

而擊之則絶為三質之石上而擊之則碎為百今以三萬之衆而應強國之兵是薄柱擊石之類也且夫劒之為用無脊之厚則鋒不入無脾之薄則刃不斷無釣罕鐔蒙須之便操其刃而刺則未入而手斷今君無十萬二十萬之衆以為釣罕鐔蒙須之便焉能以三萬行於天下乎古者四海萬國城大不過三百丈人雖多無過三千家則以三萬距之足矣今取古萬國分為戰國七兵能具數十萬食能支數歲千丈之城萬家之邑相望

也君奈何以三萬衆攻之田單喟然嘆息曰單未至也由此觀之攻千里之國毁百年之業不乗大隙非大衆不可彼决機兩陳之間爲一日成敗之計乃可以少擊衆耳

古史卷四十四

欽定四庫全書

古史卷四十五

宋 蘇轍 撰

孟嘗君列傳第二十二

孟嘗君名文姓田氏父曰靖郭君嬰齊威王少子而宣王庶弟也自威王時嬰任職用事與田忌將而救韓伐魏矣宣王二年復與田忌孫臏將而伐魏敗之馬陵虜魏太子申殺其將龐涓六年越伐齊齊使人說越王無彊移其兵伐楚楚威王伐越滅之由此怨齊七年嬰使

於韓魏韓魏皆服韓昭侯魏惠王來會宣王盟於東柯
南明年復與梁惠王會甄楚威王惡韓魏之朝齊也謀
伐齊愈急九年嬰為齊相宣王與梁襄王會徐州相王
明年楚伐齊敗齊師於徐州而使人逐嬰嬰使張丑說
楚威王威王乃止嬰相齊十一年宣王卒湣王即位三
年封嬰於薛初嬰有子四十餘人其賤妾有子名文文
以五月五日生嬰吿其母曰勿舉也其母竊舉生之及
長因兄弟而見其子嬰怒曰吾令若去此子而敢生之

何也文頓首因曰君所以不舉五月子者何故嬰曰五月子者長與户齊將不利其父母文曰人生受命於天乎將受命於户耶嬰默然文曰必受命於天君何憂焉必受命於户則可髙其户耳誰能至者嬰曰子休矣久之文承間問嬰曰子之子為何曰為孫孫之孫為何曰為玄孫玄孫之孫為何曰不能知也文曰君用事相齊至今三王矣齊不加廣而君私家富累萬金門下不見一賢者文聞將門必有將相門必有相今君後宮蹈綺

穀而士不得裋褐僕妾餘粱肉而士不厭糟糠今君又尚厚積餘藏欲以遺所不知何人而忘公家之事日損文竊怪之於是嬰乃禮文使主家待賓客賓客日進聲名聞於諸侯諸侯皆使人請嬰以文為太子嬰許之犀首居魏與其相田需相惡東入齊見嬰相結約歸謂魏王請以文為相魏王許之秦將伐魏魏王聞之夜見文告之曰秦且攻魏子為寡人謀奈何文曰有諸侯之救則國可存也王曰寡人願子之行也重為之約車百乘

文之趙謂趙王曰文願借兵以救魏趙王曰寡人不能文曰夫敢借兵者以忠王也王曰可得聞乎文曰夫趙兵非彊於魏魏兵非弱於趙也然而趙之地不歲危而民不歲死而魏之地歲危而民歲死者何也以其西為趙蔽也今趙不救魏魏歃盟於秦是趙與強秦為界也地亦且歲危民亦且歲死矣此文之所以忠於大王也趙王許諾為起兵十萬車三百乘又北見燕王曰先日公子常約兩主之交矣今秦且攻魏願大王之救之燕

王曰吾歲不熟二年矣今又行數千里而以助魏且奈何文曰夫行數千里而救人者此國之利也今魏王出國門而望見軍雖欲行數千里而助人可得乎燕王尚未許也又曰臣效便計於王王不用臣恐天下之將有大變也王曰大變可得聞乎曰秦攻魏未能克之也而臺已燔游已奪矣而燕不救魏魏王折節割地以國之半與秦秦必去矣秦已去魏魏王悉韓魏之兵又西借秦之兵以因趙之衆以四國攻燕王且何利利行數千

里而助人乎利出燕南門而望見軍乎則道里近而輸
又易矣王何利燕王曰子行矣寡人聽子乃為之起兵
八萬車二百乗以從之魏王大説秦王恐割地請講於
魏魏因歸燕趙之兵而封文嬰卒文代立於薛號為孟
嘗君孟嘗君在薛招致諸侯賔客及亡人有罪者皆舍
業厚遇之以故傾天下之士食客數千人無貴賤一與
文等文待客坐語而屏風後常有侍史主記君所與客
語問親戚居處客去已使使者存問獻遺其親戚文曾

侍客夜食有一人蔽火光客怒以飯不等輟食辭去文起自持其飯比之客慚自剄文於客無所擇皆善遇之人人各自以為孟嘗君親已秦昭王聞其賢乃使涇陽君為質於齊以求見文文將入秦賓客莫欲其行諫不聽蘇代謂文曰今旦代從外来見木偶人與土偶人相與語木偶人曰天雨子將敗矣土偶人曰我生於土敗則歸土今天雨流子而行未知所止息也今秦虎狼之國也而君欲往如有不得還君得無為土偶人所笑乎

文乃止齊湣王二十五年卒使文入秦昭王即以文為
秦相人或説昭王曰孟嘗君賢而又齊族也今相秦必
先齊而後秦秦其危矣於是昭王囚文謀欲殺之文使
人抵昭王幸姬求解幸姬曰妾願得君狐白裘此時有
一狐白裘直千金天下無雙入秦獻之昭王更無他裘
文患之徧問客莫能對㝡下坐有能為狗盜者曰臣能
得狐白裘乃夜為狗以入秦宫藏中取所獻狐白裘至
以獻秦幸姬幸姬為言昭王昭王釋文文得出即馳去

更封傳變名姓以出關夜半至函谷關昭王後悔求之已去即使人馳逐之文至關關法雞鳴而出客文恐追至客之居下坐者有能為雞鳴而雞盡鳴遂發傳出出如食頃秦追乃至已後而止始文列此二人於賓客賓客盡羞之及有秦難卒此二人拔之自是客皆服文過趙趙平原君客之趙人聞其賢出觀之皆笑曰始以薛公為魁然也今視之乃眇小丈夫耳文聞之怒客與俱者下斫擊殺數百人遂滅一縣以去始湣王遣文入秦

不自得及其至則以為齊相任政文怨秦昭王甚是時秦留楚懷王已二年矣文因合韓魏為楚攻秦而借兵食於西周蘇代為西周謂文曰君以齊為韓魏攻楚九年取宛葉以北以強韓魏今復攻秦以益之韓魏南無楚憂西無秦患則齊危矣韓魏必輕齊畏秦臣為君危之君不如令弊邑深合於秦而君無攻又無借兵食君臨函谷而無攻令弊邑以君之情謂秦曰薛公必不破秦以強韓魏其攻秦也欲王之令楚王割東國以與齊

而秦出楚王以為和君令弊邑以此患秦秦得無破而
以東國自免也秦必欲之楚王得出必德齊齊得東國
益強而薛世世無患矣秦不大弱而處三晉之西三晉
必重齊文曰善因使三國無攻而不借兵食於西周然
秦不果出楚懷王文舍人魏子為文收邑入三反而不致
一入文問之對曰有賢者竊假與之以故不致入文怒
而退魏子居數年人或毀文於湣王曰文將為亂及田
甲刧湣王湣王意疑文文出奔魏子所與粟賢者聞之

乃上書言文不作亂請以身為盟遂自剄宫門湣王乃驚而蹤跡驗問文果無反謀乃復召文文因謝病歸老於薛湣王許之其後秦亡將呂禮相齊欲困蘇代代乃謂文曰周最於齊至厚也而齊王逐之而聽親弗（戰國策作祝弗）相呂禮者欲取秦也齊秦合則親弗與呂禮重矣有用齊秦必輕君君不如急北兵趨趙以和秦魏收周最以厚行且反齊王之信又禁天下之變齊無秦則天下集齊親弗必走則齊王孰與為其國也文從其計而呂

禮嫉害文文懼乃遺秦相穰侯魏冉書曰吾聞秦欲以呂禮收齊齊天下之強國也子必輕矣齊秦相取以臨三晉呂禮必并相矣是子通齊以重呂禮也若齊免於天下之兵其讎子必深矣子不如勸秦王伐齊齊破吾請以所得封子齊破秦畏晉之強秦必重子以取晉晉國弊於齊而畏秦晉必重子以取秦是子破齊以為功挾晉以為重是子破齊定封秦晉交重子若齊不破呂禮復用子必大窮於是穰侯言於秦昭王伐齊而呂禮

亡後湣王滅宋益驕欲去文文恐乃如魏魏昭王以為

相初齊女為魏夫人文入魏而出齊女韓春謂秦王曰

何不取為妻以齊秦刼魏齊秦合而立負芻負芻立其

母在秦則魏秦之縣也若魏懼而復之負芻必以魏沒

世事秦齊女入魏而怨薛公終以齊事王矣文以魏西

合於秦趙與燕共伐破齊湣王亡在莒死焉齊襄王立

而文中立為諸侯無所屬襄王新立畏文與連和文卒

諸子爭立而齊魏共滅薛孟嘗君絶嗣初馮驩聞孟嘗

君好客踊𫭣而見之文曰先生遠辱何以教文也驩曰聞君好士以貧身歸於君文置之傳舍十日問傳舍長曰客何所為荅曰馮先生甚貧猶有一劍耳又蒯緱彈其劒而歌曰長鋏歸来乎食無魚命遷之幸舍食有魚矣五日又問傳舍長荅曰客復彈劍而歌曰長鋏歸来乎出無輿又遷之代舍出入乗輿矣五日復問傳舍長荅曰先生又嘗彈劍而歌曰長鋏歸来乎無以為家文不悦居朞年馮驩無所言文時相齊封萬户於薛其食

客三千人邑入不足以奉客使人出錢於薛歲餘不入
貸錢者多不能與其息客奉將不給文憂之問左右何
人可使收債於薛者傳舍長曰代舍客馮公形容狀皃
甚辯長者無他伎能宜可令收債文乃進驩而請之曰
賓客不知文不肖幸臨文者三千餘人邑入不足以奉
賓客故出息錢於薛薛歲不入民頗不與其息今客食
恐不給願先生責之驩曰諾辭行至薛召取孟嘗君錢
者皆會得息錢十萬乃多釀酒買肥牛召諸取錢者能

與息者皆来不能與息者亦来皆持取錢之券書合之
齊為會日殺牛置酒酒酣乃持券如前合之能與息者
與為期貧不能與息者取其券而燒之曰孟嘗君所以
貸錢者為民之無者以為本業也所以求息者為無以
奉客也今富給者以要期貧窮者燔券書以捐之諸君
強飲食有君如此豈可負哉坐者皆起再拜文聞驩燒
券書怒使使召驩驩至文曰文食客三千人故貸錢於
薛文奉邑少而民尚多不以時與其息客食恐不足故

請先生收責之聞先生得錢即以多具牛酒而燒券書
何驩曰然不多具牛酒即不能畢會無以知其有餘不
足有餘者為要期不足者雖守而責之十年息愈多急
即以逃亡自捐之上則為君好利不愛士民下則有離
上抵負之名非所以厲士民彰君聲也焚無用虛債之
券捐不可得之虛計令薛民親君而彰君之善聲也君
有何疑焉文乃拊手而謝之湣王惑於秦楚之毀以為
孟嘗君名高其主而擅齊國之權遂廢文諸客見文廢

皆去驩曰借臣車一乗可以入秦者必令君重於國而奉邑益廣可乎文乃約車幣而遣之驩乃西說秦王曰天下之游士憑軾結靷西入秦者無不欲強秦而弱齊憑軾結靷東入齊者無不欲強齊而弱秦此雄雌之國也勢不兩立為雄者得天下矣秦王跽而問之曰何以使秦無為雌而可驩曰王亦知齊之廢孟嘗君乎秦王曰聞之驩曰使齊重於天下者孟嘗君也今齊王以毁廢之其心怨必背齊背齊入秦則齊國之情人事之誠

盡委之於秦齊地可得也豈直為雄也君急使使載幣陰迎孟嘗君不可失時也如有齊覺悟復用孟嘗君則雌雄之所在未可知也秦王大說乃遣車十乘黄金百鎰迎文騅辭以先行至齊説齊王曰天下之游士憑軾結靷東入齊者無不欲强齊而弱秦者憑軾結靷西入秦者無不欲强秦而弱齊者夫秦齊雄雌之國秦强則齊弱矣此勢不兩立今臣竊聞秦遣使車十乘載黄金百鎰以迎孟嘗君孟嘗君不西則已西入相秦則天下

歸之秦為雄而齊為雌雌則臨淄即墨危矣王何不先秦使之未到復孟嘗君而益與之邑以謝之孟嘗君必喜而受之秦雖強國豈可以請人相而迎之哉折秦之謀而絶其覇強之略齊王曰善乃使人至境候秦使秦使車適入齊境使還馳告之王召文復其相位而與其故邑又益以千户秦使者聞文復相齊還車而去始文廢諸客皆去後召而復之驩迎之未到文太息曰文常好客遇客無所敢失食客三千有餘人先生所知也客

見文一日廢皆背文而去莫顧文者今頼先生得復其位客有何面目復見文乎如復見文者必唾其面而大辱之驩結轡下拜文下車接之曰先生為客謝乎驩曰非為客謝也為君之言失夫物有必至事有固然君知之乎文曰愚不知所謂也曰生者必有死物之必至也富貴多士貧賤寡友事之固然也君獨不見夫朝趨市者乎明旦側肩爭門而入日暮之後過市者掉臂而不顧非好朝而惡暮所期物亡其中今君失位賔客皆去

不足以怨士而徒絶賔客之路願君遇客如故文再拜曰敬從命矣聞先生之言敢不奉教焉

蘇子曰戰國以詐力相傾伐二百餘年兵出未嘗有名秦昭王欺楚懷王而囚之要以割地諸侯孰視無敢以一言問秦者惟田文免相於秦幾不得脫歸而怨之乃借楚為名與韓魏伐秦兵至函谷秦人震恐割地以予韓魏僅乃得免自小東難秦未有若此其壯者也夫兵直為壯曲為老有名之兵誰能禦之使田文能奮其威

則是從也齊可以伯惜其聽蘇代之計臨函谷而無攻以求楚東國而出師之名索然以盡東國既不可得而懷王卒死於秦由此觀之秦惟不遇桓文是以横行而莫之制耳世豈有以大義而屈於不義者哉

古史卷四十五

古史卷四十六

宋 蘇轍 撰

平原君列傳第二十三

平原君趙勝者趙武靈王子而惠文王弟也諸子中勝最賢喜賔客賔客葢至數千人相惠文王及孝成王三去相三復位封於東武城勝家樓臨民家民家有躄者盤散行汲美人居樓上臨見大笑之明日躄者至門曰臣聞君之喜士士不遠千里而至者以君能貴士而賤

妾也臣不幸有罷癃之病而君之後宫臨而笑臣臣願得笑臣者頭勝應曰諾躄者去勝笑曰觀此豎子乃欲以一笑之故殺吾美人不亦甚乎終不殺居歲餘賓客門下舍人稍稍引去者過半勝怪之曰勝所以待諸君者未嘗敢失禮而去之者何多也門下一人前對曰以君之不殺笑躄者以君為愛色而賤士士即去耳於是勝斬笑躄者美人頭自造門進躄者因謝焉其後門下乃復稍稍來是時齊有孟嘗魏有信陵楚有春申故爭

相傾以待士秦之圍邯鄲趙使勝求救合從於楚約與食客門下有勇力文武備具者二十人偕勝曰使文能取勝則善矣文不能取勝則歃血於華屋之下必得定從而還士不外索取於食客門下足矣得十九人餘無可取者無以滿二十人門下有毛遂者前自贊曰遂聞君將合從於楚約與食客門下二十人偕不外索今少一人願君即以遂備員而行矣勝曰先生處勝之門下幾年於此矣毛遂曰三年於此矣勝曰夫賢士之處世

也譬若錐之處囊中其末立見今先生處勝之門下三年於此矣左右未有所稱誦勝未有所聞是先生無所有也先生不能先生留遂曰臣乃今日請處囊中耳使遂蚤得處囊中乃頴脱而出非特其末見而已勝與毛遂偕十九人相與目笑之而未發也毛遂比至楚與十九人論議十九人皆服勝與楚合從言其利害日出而言之日中不決十九人謂毛遂曰先生上毛遂按劔歷階而上謂勝曰從之利害兩言而決耳今日出而言從

日中不決何也楚王曰客何為者也勝曰是勝之舍人也楚王叱曰胡不下吾乃與而君言汝何為者也毛遂按劒而前曰王之所以叱遂者以楚國之衆也今十步之内王不得恃楚國之衆也王之命懸於遂手吾君在前叱者何也且遂聞湯以七十里之地王天下文王以百里之壤而臣諸侯豈其士卒衆多哉誠能據其勢而奮其威今楚地方五千里持戟百萬此霸王之資也以楚之強天下弗能當白起小竪子耳率數萬之衆興師

以與楚戰一戰而舉鄢郢再戰而燒夷陵三戰而辱王之先人此百世之怨而趙之所羞而王弗知惡焉合從者為楚非為趙也吾君在前叱者何也楚王曰唯唯誠若先生之言謹奉社稷以從毛遂曰從定乎楚王曰定矣毛遂謂楚王之左右曰取狗馬雞之血来毛遂奉銅盤而跪進之楚王曰王當歃血而定從次者吾君次者遂遂定從於殿上毛遂左手持盤血而右手招十九人曰公相與歃此血於堂下公等録録所謂因人成事者也

勝已定從而歸歸至於趙曰勝不敢復相士勝相士多
者千人寡者百數自以為不失天下之士今乃於毛先
生而失之毛先生一至楚而使趙重於九鼎大呂毛先
生以三寸之舌強於百萬之師勝不敢復相士遂以為
上客勝既返趙楚使春申君將兵赴救趙魏信陵君亦
矯奪晉鄙軍往救趙皆未至秦急圍邯鄲邯鄲急且降
邯鄲傳舍吏子李同謂勝曰君不憂趙亾耶勝曰趙亾
則勝為虜何為不憂乎李同曰邯鄲之民炊骨易子而

食可謂急矣而君之後宮以百數婢妾被綺縠餘粱肉而民褐衣不完糟糠不厭民困兵盡或剡木為矛矢而君器物鍾磬自若使秦破趙君安得有此使趙得全君何患無有今君誠能令夫人以下編於士卒之間分功而作家之所有盡散以饗士士方其危苦之時易德耳於是勝從之得敢死之士三千人李同遂與三千人赴秦軍秦軍為之却三十里亦會楚魏救至秦兵遂罷邯鄲復存李同戰死封其父為李侯虞卿欲以信陵君之

存邯鄲爲勝請封公孫龍聞之夜駕見勝曰龍聞虞卿
欲以信陵君之存邯鄲爲君請封有之乎勝曰然龍曰
此甚不可且王舉君而相趙者非以君之智能爲趙國
無有也割東武城而封君者非以君爲有功也而以國
人無勳乃以君爲親戚故也君受相印不辭無能割地
不言無功者亦自以爲親戚故也今信陵君存邯鄲而
請封是親戚受地而國人計功也此甚不可且虞卿操
其兩權事成操右券以責事不成以虛名德君君必勿

聽也勝遂不聽虞卿勝以趙孝成王十五年卒子孫代後竟與趙俱亡勝厚待公孫龍公孫龍善為堅白之辨及鄒衍過趙言至道乃絀公孫龍

蘇子曰趙勝傾身下士以竊一時之聲可耳至於為國計慮勝不知也趙欲距燕有廉頗趙奢不能用而割地與齊以借田單知單之賢而不知其不為趙用也及韓馮亭以上黨嫁禍於趙趙豹明其不可而勝貪取之長平之禍成於勝一言此皆貴公子不知務之禍也乃欲

使之相危國拒強秦難矣哉

古史卷四十六

欽定四庫全書

古史卷四十七　　　　宋　蘇轍　撰

魏公子列傳第二十四

魏公子無忌者魏昭王少子而安釐王異母弟也安釐王即位封為信陵君是時范睢亡魏相秦以怨魏齊故秦兵圍大梁破魏華陽下軍走芒卯魏王及無忌患之無忌為人仁而下士士無賢不肖皆謙而禮交之不敢以其富貴驕士士以此方數千里爭往歸之致食客三

千人當是時諸侯以其賢多客不敢加兵謀魏十餘年
無忌嘗與魏王博而北境傳舉烽言趙寇至且入界魏
王釋博欲召大臣謀無忌止王曰趙王田獵耳非為寇
也復博如故王恐心不在博居頃之復從北方來傳言
曰趙王獵耳非為寇也魏王大驚曰公子何以知之無
忌曰臣之客有能探得趙王陰事者趙王所為客輙以
報臣臣以此知之是後魏王畏無忌之賢能不敢任以
國政魏有隱士曰侯嬴年七十家貧為大梁夷門監者

無忌聞之往請欲厚遺之不肯受曰臣修身潔行數十
年終不以監門困故而受公子財無忌乃置酒大會賔
客坐定無忌從車騎虛左自迎侯生侯生攝弊衣冠直
上載無忌上坐不讓欲以觀無忌無忌執轡愈恭侯生
又謂無忌臣有客在市屠中願枉車騎過之無忌引車
入市侯生下見其客朱亥睥睨故久立與客語微察無
忌無忌顔色愈和當是時魏將相宗室賔客滿堂待無
忌舉酒市人縱觀從騎皆罵侯生侯生視無忌色終不

變乃謝客就車至家無忌引侯生坐上坐徧贊賓客賓客皆驚酒酣無忌起為壽侯生前侯生因謂無忌曰今日嬴之為公子亦足矣嬴乃夷門抱關者也而公子親枉車騎自迎嬴於衆人廣坐之中不宜有所過今公子故過之然嬴欲就公子之名故久立公子車騎市中過客以觀公子公子愈恭市人皆以嬴為小人而以公子為長者能下士也於是罷酒侯生遂為上客侯生謂無忌曰臣所過屠者朱亥此子賢者世莫能知故隱屠閒耳

無忌數往請之朱亥故不復謝無忌怪之安釐王二十年秦昭王已破趙長平軍又進兵圍邯鄲無忌姊爲趙惠文王弟平原君夫人數遺書請救於魏魏王使將軍晉鄙將十萬衆救趙秦王使使者告魏王曰吾攻趙旦暮且下而諸侯敢救者已拔趙必移兵先擊之魏王恐使人止晉鄙留軍壁鄴名爲救趙實持兩端以觀望平原君使者冠蓋相屬於魏讓無忌曰勝所以自附爲婚姻者以公子之高義爲能急人之困今邯鄲旦暮降秦

而魏救不至安在公子能急人之困也且公子縱輕勝棄之降秦獨不憐公子姊耶無忌患之數請魏王及賓客辯士説王萬端魏王畏秦終不聽無忌自度終不能得之於王計不獨生而令趙亡乃請賓客約車騎百餘乘欲以客往赴秦軍與趙俱死行過夷門見侯生具告所以欲死秦軍狀辭決而行侯生曰公子勉之矣老臣不能從無忌行數里心不快曰吾所以待侯生者備矣天下莫不聞今吾且死而侯生曾無一言半辭送我我

豈有所失哉復引車還問侯生侯生笑曰臣固知公子之
還也曰公子喜士名聞天下今有難無他端而欲赴秦
軍譬若以肉投餒虎何功之有哉尚安事客然公子遇
臣厚公子往而臣不送以是知公子恨之復返也無忌
再拜因問侯生乃屏人間語曰嬴聞晉鄙之兵符常在
王卧内而如姬最幸出入王卧内力能竊之嬴聞如姬
父為人所殺如姬資之三年自王以下欲求報其父仇
莫能得如姬為公子泣公子使客斬其仇頭敬進如姬

如姬之欲為公子死無所辭顧未有路耳公子誠一開口請如姬如姬必許諾則得虎符奪晋鄙軍北救趙而西却秦此五霸之伐也無忌從其計請如姬如姬果盗晋鄙兵符與之無忌行侯生曰將在外主令有所不受以便國家公子即合符而晋鄙不授公子兵而復請之事必危矣臣客屠者朱亥可與俱此人力士晋鄙聽大善不聽可使擊之於是無忌泣侯生曰公子畏死耶何泣也無忌曰晋鄙嚄唶宿將往恐不聽必當殺之是以

泣耳豈畏死哉於是無忌請朱亥朱亥笑曰臣乃市井
鼓刀屠者而公子親數存之所以不報謝者以為小禮
無所用今公子有急此乃臣效命之秋也遂與無忌俱
無忌過謝侯生侯生曰臣宜從老不能請數公子行日
以至晉鄙軍之日北向自剄以送公子無忌遂行至鄴
矯魏王令代晉鄙晉鄙合符疑之舉手視無忌曰今吾
擁十萬之衆屯於境上國之重任今單車來代之如何
哉欲無聽朱亥袖四十斤鐵椎椎殺晉鄙無忌遂將晉

鄙軍勒兵下令軍中曰父子俱在軍中父歸兄弟俱在軍中兄歸獨子無兄弟歸養得選兵八萬人進兵擊秦軍秦軍解去遂救邯鄲存趙趙王及平原君自迎無忌於界平原君負韊矢先引趙王再拜曰自古賢人未有及公子者也當此之時平原君不敢自比於人無忌與侯生決至軍侯生果北鄉自剄魏王怒無忌之盜其兵符矯殺晉鄙無忌亦自知也已却秦存趙使將將其軍歸魏而無忌獨與客留趙趙孝成王德無忌與平原君

計以五城封無忌無忌聞之意驕矜有自功之色客有說無忌曰物有不可忘或有不可不忘夫人有德於公子公子不可忘也公子有德於人願公子忘之且矯魏王令奪晉鄙兵以救趙於趙則有功矣於魏則未為忠臣也公子乃自驕而功之竊為公子不取也於是無忌立自責似若無所容者趙王埽除自迎執主人之禮引無忌就西階無忌側行辭讓從東階上自言辠過以負於魏無功於趙趙王侍酒至暮口不忍獻五城以無忌

退讓也無忌竟留趙趙王以鄗為湯沐邑魏亦復以信
陵奉之無忌留趙聞趙有處士毛公藏於博徒薛公藏
於賣漿家無忌欲見兩人兩人自匿不肯見無忌間步
往從此兩人游甚歡平原君聞之謂其夫人曰始吾聞
夫人弟公子天下無雙今吾聞之乃妄從博徒賣漿者
游公子妄人耳夫人以告無忌無忌乃謝夫人去曰始
吾聞平原君賢故負魏王而救趙以稱平原君平原君
之游徒豪舉耳不求士也無忌自在大梁時常聞此兩

人賢至趙恐不得見以無忌從之游尚恐其不我欲也今平原君乃以為羞其不足從游乃裝為去夫人具以語平原君平原君乃免冠謝固留無忌平原君門下聞之半去平原君歸無忌無忌留趙十年不歸秦聞之日夜出兵伐魏魏王患之使使往請無忌無忌恐王怒之乃誡門下有敢為魏王使通者死賔客皆背魏之趙莫敢勸無忌歸毛公薛公兩人往見無忌曰公子所以重於趙名聞諸侯者徒以有魏也今秦攻魏魏急而公子

不恤使秦破大梁而夷先王之宗廟公子當何面目立天下乎語未及卒無忌立變色告車趨駕歸救魏魏王見無忌相與泣而以上將軍印授之安釐王三十年無忌使使遍告諸侯諸侯聞無忌將各遣將將兵救魏無忌率五國之兵破秦兵於河外走蒙驁遂乘勝逐秦兵至函谷關抑秦兵秦兵不敢出當是時無忌威振天下諸侯之客進兵法無忌皆名之故世稱魏公子兵法秦王患之乃行金萬斤於魏求晉鄙客令毀無忌曰公子

亡在外十年矣今爲魏將諸侯將皆屬諸侯徒聞魏公子不聞魏王公子亦欲因此時定南面而王諸侯畏公子之威方欲共立之秦數使反間僞賀公子得立爲魏王未也魏王日聞其毁不能不信後果使人代無忌將無忌自知再以毁廢乃謝病不朝與賔客爲長夜飲飲醇酒多近婦女日夜爲樂飲者四歲竟病酒而卒其歲安釐王亦薨秦聞公子死使蒙驁攻魏拔二十城初置東郡其後秦稍蠶食魏十八歲而虜魏王屠大梁漢高

祖始微時數聞無忌賢及即天子位每過大梁常祠之高祖十二年從擊黥布還為置守冢五家世以四時奉祠焉

蘇子曰魏公子始用侯嬴之計盜兵符殺晉鄙而奪其軍擊秦以全趙成桓文之功矣然兄弟自是相失十年不敢還魏幾無以安其身殆哉其後秦兵攻魏無忌無還魏之心毛薛甚之翻然而歸合諸侯破秦軍使宗廟復安兄弟如故然後得明目以立於世蓋無忌之名發

於侯生而全於毛薛侯生之奇毛薛之正廢一不可而
正之所全者多矣

古史卷四十七